www.koenigskinder-verlag.de

Originalverlag: Walker Books Limited, London SE11 5HJ.
Originaltitel: They Didn't Teach This in Worm School.

Umschlaggestaltung und -typografie: Suse Kopp
unter Verwendung einer Illustration von Simone Lia
Aus dem Englischen von Ingo Herzke
Lektorat: Barbara König
Bildbearbeitung & Lettering: Ronny Willisch
Satz & Herstellung: Gunta Lauck
Druck: Balto Print, Vilnius
ISBN: 978-3-551-56034-6
Printed in Lithuania

Simone Lia

Marcus

Eine philosophische Betrachtung über die Freundschaft

Aus dem Englischen von Ingo Herzke

Für Timothy

Kapitel eins

Ich heiße Marcus.

Ich bin ein Wurm und hier wohne ich.

GÄSTEZIMMER ↑
ZIMMER
HAUS-
TÜR ↗

Meine Lieblingsfarbe ist Braun. Weil Matsch braun ist und ich Matsch richtig, richtig, *richtig* gern mag. Meine Lieblingssachen sind andere Würmer und mein Hobby ist Löcher in die Erde graben.

Am tollsten von allem finde ich, so ein richtig kompliziertes unterirdisches Tunnelsystem zu bauen.

Aber als ich Laurence kennenlernte, wurde alles anders.

Ich erzähle euch mal,
wie ich ihn kennenlernte.

Ich grub gerade ein Loch, wie üblich (wie alle Würmer), aber dabei muss ich wohl eingeschlafen sein, denn auf einmal träumte ich, dass ich ein Raumschiff im Weltraum flog. Das Raumschiff war aus Kartoffeln gemacht.

Dann wurde ich aus einer Dose in eine Schüssel gekippt. Und genau vor mir war ein schmuddeliger, dicker Vogel, der ziemlich wie ein Huhn aussah und mich aus kleinen Augen sehr durchdringend und bedrohlich anstarrte.

Der Traum war richtig gut gewesen, bis zu der Sache mit dem Vogel.
Und das Schlimmste war, dass der Vogel gar kein Traum war. Ich wurde tatsächlich aus einer Dose gekippt und der dicke Vogel starrte mich tatsächlich an. Was würdet ihr tun, wenn ihr ein Wurm wärt, direkt vor euch ein Vogel, der den Schnabel so weit aufgerissen hat, dass ihr hinten seine Rachenmandeln baumeln seht? Vielleicht würdet ihr das Gleiche tun wie ich. Ich lächelte ganz breit und sagte so fröhlich wie möglich:

Der Vogel sah verwirrt aus. Er murmelte auch »Guten Morgen« und riss dann wieder den Schnabel auf, den Kopf ein bisschen anders geneigt. Ehe er mich aufessen konnte, rief ich ganz laut und schnell: »ICH HEISSE MARCUS. MEINE LIEBLINGSFARBE IST BRAUN UND MEIN HOBBY LÖCHER IN DIE ERDE GRABEN. WIE HEISSEN SIE, UND HABEN SIE AUCH EIN HOBBY, BITTE SCHÖN, MEIN HERR?« Das »mein Herr« hängte ich hintendran, weil es höflicher war.

Der Vogel wirkte verblüfft. Er klappte den Schnabel zu. »Ich heiße Laurence.«

»UND WAS ist mit Hobbys?«, fragte ich. »HAST DU ein nettes HOBBY, Laurence?« Denn offensichtlich wollte er ja nicht gesiezt werden.

Laurence setzte sich und guckte auf seinen dicken Bauch, dann guckte er wieder mich an. »Das hat mich noch nie jemand gefragt«, sagte er.

»EHRLICH nicht? Dann lass dir ZEIT und mach es dir BEQUEM.« Damit wollte ich ihn ermuntern, sich auf das Sofa zu legen. »Ich möchte gern ALLES über dein Hobby erfahren. Das interessiert mich wirklich SEHR.«

Ich wollte eigentlich nicht mehr schreien, aber ich hatte mich noch nie so sehr gefürchtet und wusste nicht mehr so genau, was ich tat.
Aber Laurence schien das gar nicht aufzufallen. Gehorsam legte er die Füße hoch. Ich wand mich aus der Schüssel und legte mich ein bisschen näher ans Fenster.
»Mein Hobby ist Reisen«, sagte er.
»Wie *überaus* interessant.« Ich versuchte, nicht mehr so laut zu reden. »Und wo warst du schon überall?«
Laurence dachte eine Weile nach. »Das ist eben das Problem«, erklärte er. »Ich war noch nirgendwo. Ich bin ganz schlecht im Kartenlesen. Ich würde zu gern mal nach Kenia in Afrika, aber das ist so ein weiter Flug, da würde ich auf jeden Fall eine Karte brauchen.«
»Hmm ... Kenia.« Ich machte eine Pause, damit es so aussah, als würde ich gründlich über seine Worte nachdenken. »Warum ... Kenia?«
Während er über eine Antwort nachdachte, schaute ich aus dem Fenster.

Wir waren in
einem Vogelhaus
in einem hohen
Baum. Der
Fenstergriff saß
so hoch, dass ich
nicht drankam.
Und hätte ich ihn
erreicht und das
Fenster geöffnet,
wäre ich nicht
besonders scharf
darauf gewesen,
aus der Höhe einen
Baum hinunter-
zukriechen.
Das hatten
sie uns in der
Wurmschule
nicht beigebracht.

Laurence schaute wieder auf seinen Bauch. Wieso guckte er ständig auf seinen Bauch? Weil der so groß war oder weil er Hunger hatte? Ich beschloss weiterzureden, um ihn von Essensgedanken abzulenken. »Erzähl mal, was du an Kenia so toll findest.«
Laurence richtete sich auf. »Ich zeige es dir«, sagte er und griff nach einem Hochglanz-Reisebuch. Überall auf dem Boden lagen Bücherstapel herum. »Das hier ist der Lake-Nakuru-Nationalpark. Schau dir diese wunderschönen weiten Ebenen an. In Kenia leben so viele Tiere in Naturreservaten und Parks.« Er blätterte die Seiten durch – Fotos von Löwen, Elefanten, Zebras und Gnus. »Solche Tiere kriegt man hier einfach nicht zu sehen.« Laurence hielt auf einer Seite inne, die Bilder von rosa Vögeln mit dünnen Beinen zeigte.

»*Darum*«, er schlug mit dem Flügel dramatisch auf die Seite, »muss ich da hin.« Er sah mich an. »Verstehst du, was ich meine?«, fragte er und senkte langsam den Kopf.

»Hmm ... ja.« Ich nickte zustimmend und tat so, als wüsste ich, was er meinte.

»Danke. Ich bin froh, dass du es auch erkennst – dass ich *in Wirklichkeit* ein Flamingo bin.«

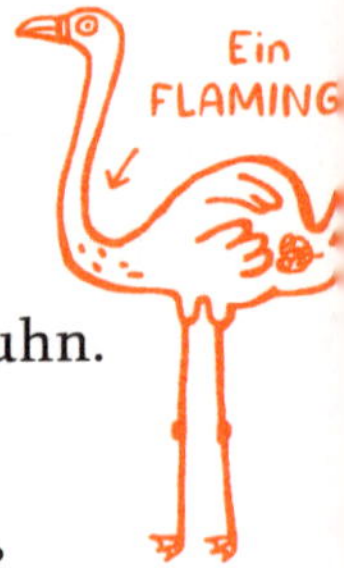

»Ein Flamingo«, wiederholte ich bestimmt und versuchte, nicht laut loszulachen. Laurence sah nicht im Geringsten aus wie ein Flamingo. Er sah aus wie ein Huhn.

»Ich gehöre nicht zu diesen gewöhnlichen Vögeln. Ich gehöre *dahin*.« Er betrachtete das Foto. »In den Lake-Nakuru-Nationalpark zu den anderen Flamingos. Das ist meine *wahre Heimat* und der einzige Ort, an dem ich wirklich glücklich sein kann.« Er schlug das Buch zu und faltete die Flügel.

Eins hielt mich davon ab, über Laurence zu lachen: Ich wusste, ich war in einer sehr unangenehmen Lage. Jeden Augenblick konnte ihm einfallen, wie hungrig er war, und er konnte mich wie eine Bandnudel einsaugen. Ich musste jede Zelle meines Wurmhirns einsetzen, um mir einen raffinierten Plan auszudenken, wie ich aus dem Vogelhaus flüchten konnte.

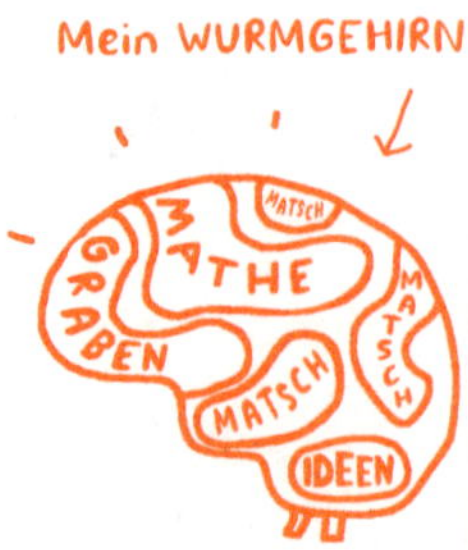

– platzte ich aus Versehen mit meiner schlimmsten Befürchtung heraus.

»Wahrscheinlich nicht«, seufzte Laurence. »Es käme mir komisch vor, dich zum Frühstück zu essen, nachdem wir uns jetzt miteinander unterhalten haben.«

Da war ich *beinahe* erleichtert, aber noch nicht ganz beruhigt, weil Laurence das Wort *wahrscheinlich* benutzt hatte. Darum schien es mir klug, das Gespräch am Laufen zu halten. »Was hindert dich denn daran, in diesen Park am Lake Nakuru zu fliegen?«, fragte ich.

»Das habe ich dir doch gesagt. Ich kann keine Karte lesen. Ich kenne den Weg nicht«, sagte Laurence, stand auf und drehte sich zur Wand.

Ich kroch über den Fußboden zu ihm hin und sagte leise: »Laurence, du *musst* deinen Träumen folgen. Wenn du an den Lake Nakuru gehörst, dann wird sich bestimmt auch ein Weg finden, wie du dorthin fliegen kannst ... Es *gibt* einen Weg.«

Plötzlich hatte ich das Gefühl, in einem Theaterstück zu spielen. Es war ein hervorragendes Stück. Wenn Laurence nach Kenia flog, konnte er mich nicht zum Frühstück und auch nicht zum Mittagessen oder zum Abendbrot essen. »Es muss einen Weg geben«, fuhr ich also fort.

Laurence sah mich wieder mit einem seiner Knopfaugen an. »Erzähl mir noch mal von *deinem* Hobby«, sagte er und lud mich ein, mich auf das Sofa zu setzen.

»Ähmm …« Sein Blick machte mir ein bisschen Sorgen, aber ich hielt es für besser, weiterzureden. »Ich grabe gern Löcher in die Erde. Das ist sehr entspannend, und ich baue Tunnel zu interessanten Orten, zum Beispiel in die Nähe des Baumes, damit ich die Äpfel essen kann, die heruntergefallen sind, oder in die Nähe des Komposthaufens, wo es auch lustig ist. Das ist ein bisschen so wie ans Meer fahren, und –«

»Verirrst du dich unter der Erde gar nicht?«, unterbrach mich Laurence. »Da muss es doch ganz schön dunkel sein.«

»Nein. Ich weiß immer genau, wo ich bin. Ich spüre es einfach irgendwie.«

»Da *haben* wir es doch!«, rief Laurence und klatschte triumphierend in die Flügel.

»Haben wir *was*?«, fragte ich. Ich war wieder sehr besorgt.

»Du, Marcus, mit deinen komischen Einfällen und deinem wundersamen Orientierungssinn – du wirst mir helfen, nach Kenia zu fliegen. Du wirst mein Navigator! Wenn ich nur daran denke, dass ich dich beinahe zum Frühstück verspeist hätte –«

Ich schrie schon wieder.

Wir würden zum Lake-Nakuru-Nationalpark fliegen.

Ich hatte keine Wahl.

Entweder das oder zum Frühstück verspeist werden.

Kapitel zwei

Laurence packte für die lange Reise. Er war aufgeregt und lief singend und pfeifend durch sein Vogelhaus. Ich saß auf dem Sofa und schaute aus dem Fenster. Es war ein sonniger Tag. Ich wünschte, ich wäre draußen. Oder zu Hause, unter der Erde. Oder irgendwo anders als auf diesem Sofa, wo ich darauf wartete, irgendwohin zu reisen, wo ich nicht hinwollte, mit jemandem, mit dem ich nicht verreisen wollte.

Aber ich konnte nicht entkommen.
Mir blieb nichts anderes übrig,
als mit Laurence zum
Lake Nakuru zu fliegen
und dort ein neues
Leben anzufangen. Ich
würde meinem Onkel und
meiner Tante eine Postkarte
schicken, wenn ich dort war,
damit sie wussten, wo ich steckte.

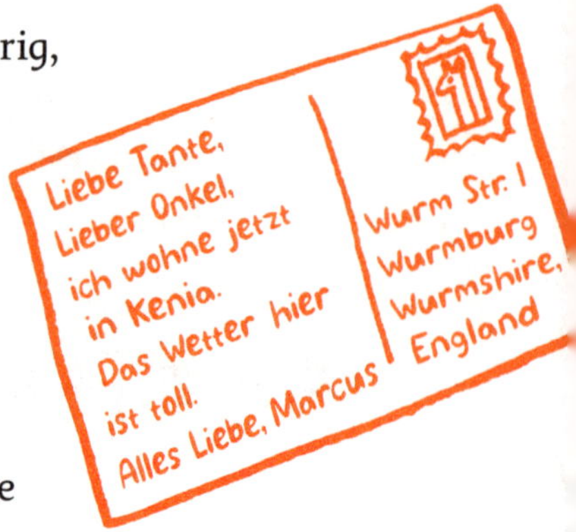

»Ich nehme noch rasch ein Staubbad«, rief Laurence aus dem Badezimmer. »Bin gleich fertig. Wir werden so viel Spaß haben!«

»JA«, antwortete ich. Jetzt war ich wirklich besorgt. Nicht genug, dass Laurence glaubte, ich könne eine Landkarte lesen, er schien auch zu meinen, ich könnte fliegen. War ihm gar nicht aufgefallen, dass ich keine Flügel hatte?

Bald war Laurence fertig. Er hatte eine große Karte in der Hand und eine kleine Ledertasche umhängen. »Hier, die wirst du brauchen. Um die Reiseroute zu planen.« Er streckte mir die Landkarte hin.
Ich schaute auf die Ledertasche, und ein Gedanke schoss durch mein kleines Wurmhirn. »Hast du alles, was du brauchst, in der winzig kleinen Tasche?«

»Ich glaube schon. Ich habe ein Buch zum Lesen, ein großes Sandwich und meine Decke, falls es nachts kalt wird.«

»Oh ...«, sagte ich.

»Was soll das heißen, *oh*?«

»Nichts. Na ja. Also ... Es ist ziemlich weit und vielleicht langweilst du dich unterwegs. Ich dachte, bestimmt brauchst du noch ein paar andere Sachen. So zur Unterhaltung.«

»Ach so. Tja, ich könnte noch mein Jo-Jo mitnehmen.«

»Und brauchst du keinen von diesen Reiseführern? Was ist das denn für einer?« Ich blätterte einen durch.

»Ah ja, den sollte ich mitnehmen – das ist ein Parisführer. Das ist der Eiffelturm ... den werden wir unterwegs wahrscheinlich sehen.«

»Und was ist mit dem Fernseher?«

»Glaubst du, den brauchen wir?«

»Ja, vielleicht gibt es am Lake Nakuru keinen Fernseher.«

»Oh. Daran habe ich noch gar nicht gedacht. Dann sollte ich vielleicht auch besser den Computer mitnehmen. Und auch den Drucker.«

»Und womöglich brauchst du was Warmes zum Anziehen.«

»Nein, ich glaube, da wird es heiß.«

»Also dann musst du unbedingt einen Ventilator einpacken ...

OJE!«, rief ich laut.

»Was denn?« Laurence sah verstört aus.

»Toiletten!«

»Was ist mit Toiletten?«

»Wird es unterwegs welche geben?«

»Weiß ich nicht! Ich nehme lieber meine eigene mit«, antwortete Laurence rasch.

»Und was ist mit Essen? Ich meine Kissen?« Mir war gerade noch eingefallen, Nahrungsmittel besser nicht zu erwähnen.

Laurence sah mich an und hielt einen Flügelfinger hoch. »Würde es dir etwas ausmachen, einen Augenblick hier zu warten, während ich noch ein paar Sachen einpacke, Marcus?«

»Ganz und gar nicht«, sagte ich. »Lass dir Zeit.«

Laurence ging wieder in sein Zimmer. Ich hörte ihn Schubladen und Schränke öffnen. Es klang, als würde er Möbel rücken. Aus dem Bad war Scheppern und Klappern zu hören, als er die Toilettenschüssel abschraubte.

Als er wiederkam, schleppte er viel mehr als seine kleine Reisetasche. »Meinst du, ich kann damit fliegen, Marcus?«

Ich sah ihn an. »Wahrscheinlich nicht.« Ich schüttelte traurig den Kopf. »Vielleicht ist es doch besser, wenn wir hierbleiben …«

Laurence lachte. »Aber natürlich fliegen wir. Das meiste davon brauche ich wahrscheinlich nicht. Ich packe es wieder aus. Aber danke, dass du auf mich aufpasst«, sagte er sehr ernst.
Nach einigen Stunden Auspacken und Einbauen und Zusammenschrauben der Wasserleitungen waren wir reisefertig.
Laurence öffnete die Eingangstür.
»Ich kann nicht fliegen, Laurence«, rief ich zu ihm hinauf. »Hast du etwas dagegen, wenn ich hierbleibe?«

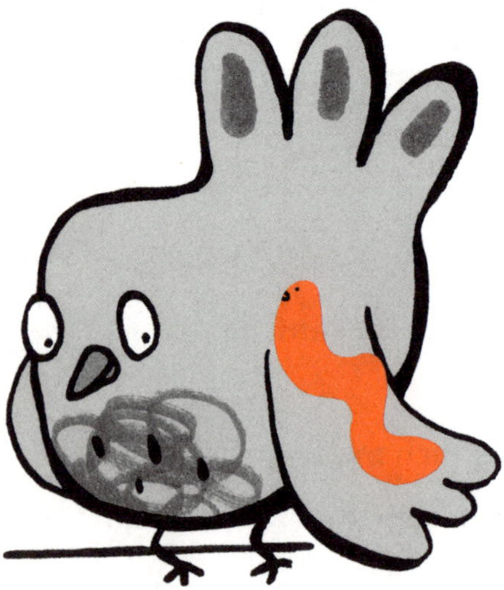

Laurence lachte wieder. »Dummkopf! Ich weiß doch, dass Würmer nicht fliegen können!« Er neigte den Kopf zum Boden, so dass ich auf seinen Nacken klettern konnte. Ich wand mich hinauf. »Ist es bequem so?«, fragte er.

»Ja!«, sagte ich, und das war gar nicht gelogen.

Ich war von einer Million Federn umgeben.

Es war, wie im Himmel auf einer Wolke zu sitzen.

Diesmal brachen wir tatsächlich auf.

Kapitel drei

»Ich werde jetzt von der Plattform springen, Marcus, und dann fliegen wir quer durch den Baum nach oben. Kann sein, dass dich unterwegs ein paar Blätter streifen. Bist du dazu bereit?«

»Okay! Ich bin bereit«, sagte ich und machte die Augen zu.

»Halt dich fest!«, sagte Laurence.
Ich spürte, wie er einmal hüpfte und dann sprang. Die Äste und Blätter bogen sich und machten jede Menge Lärm, als wir in den Baum hineinflogen. Zweige und Laub schlugen mir ins Gesicht. Ich spannte jeden Teil meines Wurmleibs an. Laurence schlug laut mit den Flügeln. Nach einer gefühlten Ewigkeit machte ich die Augen wieder auf. Wir waren in den sonnigen, tagblauen Himmel hinaufgeflogen.
Nur zur Erinnerung, falls ihr das vergessen haben solltet: Ich bin ein Wurm. Normalerweise verbringe ich meine Tage im Dunkeln, unter der Erde. Aber jetzt saß ich auf diesem superweichen fliegenden Vogelkissen. Hoch oben am Himmel. Wenn ich nach unten schaute, wurden die Bäume und Häuser immer kleiner und kleiner. Ich fühlte so viele Sachen auf einmal. Verwunderung, Aufregung, Angst. Einerseits wollte ich ein kleines Nickerchen machen und vergessen, dass das alles hier passierte. Andererseits wollte ich mich überallhin übergeben, weil mein Wurmmagen sich auf einmal ganz komisch anfühlte.

»Alles in Ordnung bei dir?«, fragte Laurence.

Ich konnte nicht sprechen. Der Wind schlug mir ins Gesicht.

»Wenn dir ein bisschen komisch wird, schau zum Horizont. Versuch bitte, dich nicht auf mich zu übergeben.«

Ich sah nach vorn über die grünen und braunen Felder. Die Aussicht ließ meinen Magen vergessen, dass er schief hing.
»Wenn du so weit bist, Marcus, dann falte die Karte auf und sag mir, in welche Richtung wir fliegen müssen. Wir wollen nach Süden, Richtung Frankreich. Sieh mal nach, ob du den Weg nach Paris findest.«

»Okay!«, rief ich. Es gab alles Mögliche zu bedenken. Das Fliegen kriegte ich so langsam beinahe in den Griff. Ich faltete die große Karte auseinander und fühlte mich auf einmal meiner neuen Aufgabe als Navigator absolut gewachsen.

Sofort packte eine Windböe die Karte und wirbelte sie hoch in die Luft. Ich sah ihr nach, wie sie ein kleiner quadratischer Fleck in der Ferne wurde. *Das war das Ende meiner Kartenleserlaufbahn*, dachte ich bei mir. Ich seufzte und machte es mir in Laurence' Federn bequem. *Da kann ich mich genauso gut entspannen und den Flug genießen.* »Zuerst müssen wir den Ärmelkanal überqueren. Hast du den auf der Karte schon gesehen? Er ist blau«, sagte Laurence.

»Ähmm … ah ja«, murmelte ich, weil ich vergessen hatte, dass ich ja eigentlich navigieren sollte. »Der liegt rechts von uns.« Das war gelogen.

Laurence drehte seinen Körper und wir flogen auf ein paar leuchtend gelbe Felder zu. *Das hat doch ganz gut funktioniert*, sagte ich mir. Ich sah ein Pferd über eine weit entfernte Wiese galoppieren. »Flieg bis zu dem Pferd und bieg dann nach links ab.«

Wieder wechselte Laurence die Richtung. Das war großartig – besser, als eine Kartoffel zu fliegen, wie in meinem Traum mit dem Kartoffelraumschiff. Laurence machte alles, was ich ihm sagte.
»Flieg höher!«
Wir flogen immer höher und höher, bis ich kaum noch atmen konnte.

»Tiefer«, sagte ich, bis wir so tief flogen, dass das Gras an Laurence' dicken Bauch streifte.

»Und jetzt: Flieg einen Looping.«

Der war gut. Hinterher musste ich mich wieder auf den Horizont konzentrieren.

Laurence stellte keine meiner Anweisungen in Frage, bis ich sagte: »Jetzt flieg rückwärts.«
»Steht das *wirklich* auf der Karte?«, rief Laurence zu mir hoch.

»Ich habe so ein komisches Gefühl, Marcus. Du weißt aber *schon*, wie man Karten liest, oder?«
Ich antwortete nicht. Ich machte mir ein bisschen Sorgen, dass er es sich vielleicht doch noch anders überlegen und mich zum Frühstück essen würde, wenn ich ihm die Wahrheit sagte.
Laurence drehte sich um und sah mich aus einem seiner Knopfaugen an. »Du hast ja nicht mal mehr die Karte!« Jetzt war er richtig sauer. »Das war's!«

Wenn ich traurig oder ängstlich bin, dann grabe ich ganz gern ein tiefes Loch in die Erde. Es ist sehr beruhigend, in der Erde zu sein, umgeben von herrlichem, kühlem, sicherem Matsch. Ich vergaß, wo ich war, und wühlte mich in Laurence' weichen, fedrigen Flügel. Das Problem ist nur: Ein Loch in die Erde oder ein Loch in den Himmel zu graben, ist nicht das Gleiche. Das lernte ich auf schmerzhafte Weise. Eben hockte ich noch bequem auf Laurence' Rücken, umgeben von einer Million weicher Federn, und im nächsten Augenblick war überhaupt nichts mehr da. Bloß noch Luft. Ich drehte mich und taumelte und sauste im freien Fall auf die Bäume zu, die wie Brokkoli aussahen. Ich schloss die Augen und versuchte im Kopf 2657 mit 6765 zu multiplizieren.

Ich bin nicht sicher, ob ich die richtige Lösung herausbekam, denn als Nächstes schlief ich in einem sehr bequemen Bett, das anscheinend aus Kartoffelbrei bestand.
Ich öffnete die Augen. Laurence sah mich an. Es gab kein Bett aus Kartoffelbrei. Ich lag auf dem Rücken im Gras auf einer Wiese. »Wo ist der Kartoffelbrei?«, fragte ich.

»Es gibt keinen Kartoffelbrei. Du musst geträumt haben. Alles in Ordnung?« Laurence schaute freundlich.

»Ich glaube schon«, sagte ich und richtete mich auf. Laurence verschränkte die Arme. Die freundliche Miene verschwand und er wurde wieder ärgerlich. »Du hast mir erzählt, du könntest Karten lesen.«

»Nein, habe ich nicht!« Ich hatte Laurence andere Sachen erzählt, die nicht ganz stimmten, aber ich hatte ganz sicher nicht behauptet, dass ich Karten lesen könnte.

»Hast du wohl.«

»Nein, habe ich nicht.« Jetzt wurde ich selbst sauer. »Du bist wirklich gemein, Laurence! Ich will nicht mehr hier sein. Ich gehe nach Hause.« Ich verließ mein Grasbett und kroch auf die Wiese. Ich wollte so schnell wie möglich weg.

»Pffft! Du weißt ja nicht mal, wo du hingehst!«, rief Laurence mir nach.

»Weiß ich wohl.« Jetzt log ich wieder. Ich hatte keine Ahnung, was ich tun sollte. Ich wusste nicht, wo ich war, aber ich konnte auch nicht umkehren.
Ich kroch ein Stück weiter und blieb dann stehen, um nachzudenken, und tat so, als würde ich die Aussicht bewundern.
Dabei bemerkte ich, dass es *tatsächlich* eine Aussicht gab. Und die sah eigenartig vertraut aus, genau wie das Titelbild von Laurence' französischem Reiseführer ... War er das? Er war es.

Das war der Eiffelturm!

»Laurence!« Ich hatte ganz vergessen, dass ich böse auf ihn war.

»Was? Willst du zugeben, dass du dich verirrt hast?«

»Ich habe mich NICHT verirrt. Ich weiß genau, wo wir sind.«

»Weißt du nicht.«

»Doch! Wir sind in Paris.«

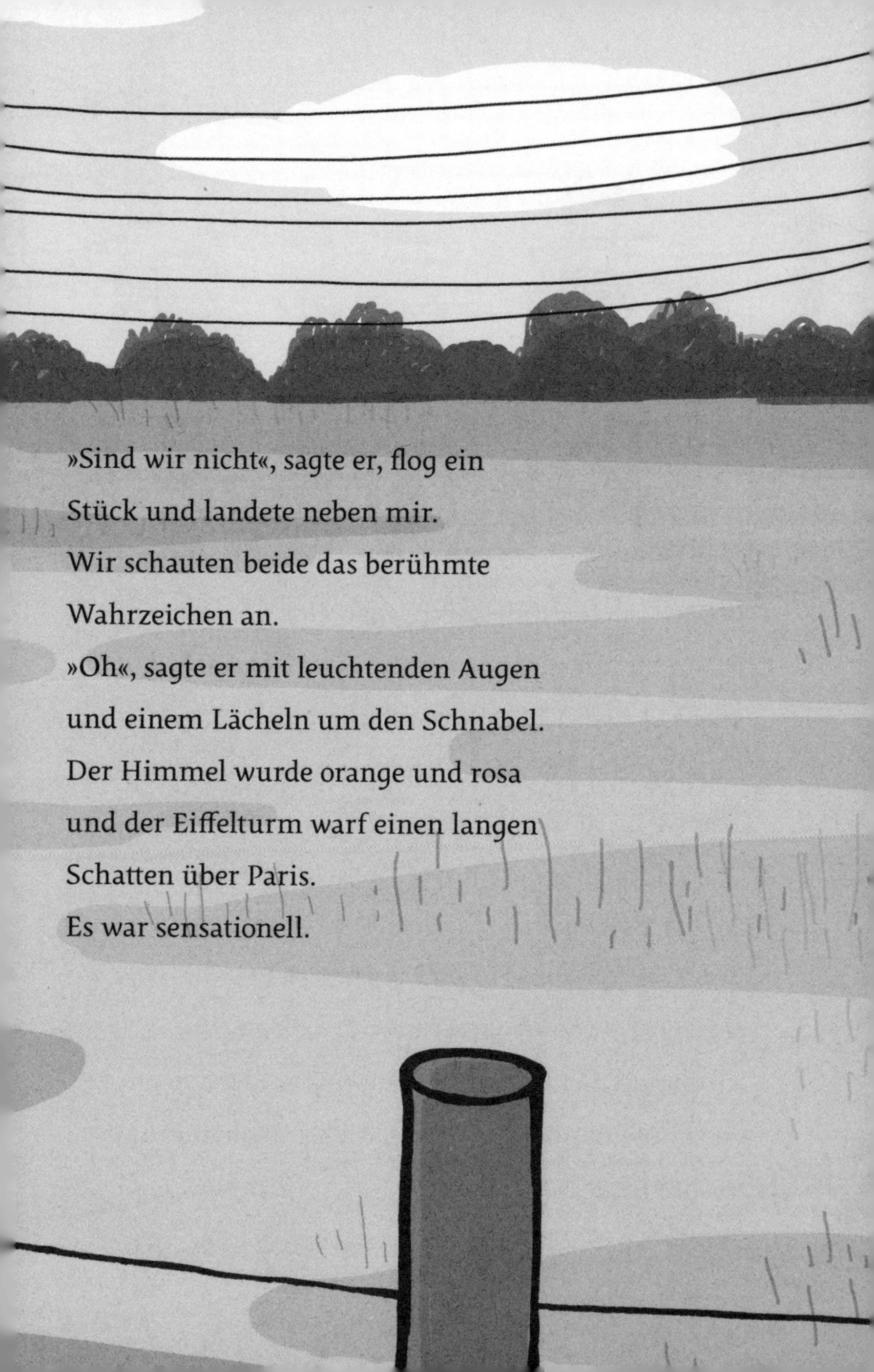

»Sind wir nicht«, sagte er, flog ein
Stück und landete neben mir.
Wir schauten beide das berühmte
Wahrzeichen an.
»Oh«, sagte er mit leuchtenden Augen
und einem Lächeln um den Schnabel.
Der Himmel wurde orange und rosa
und der Eiffelturm warf einen langen
Schatten über Paris.
Es war sensationell.

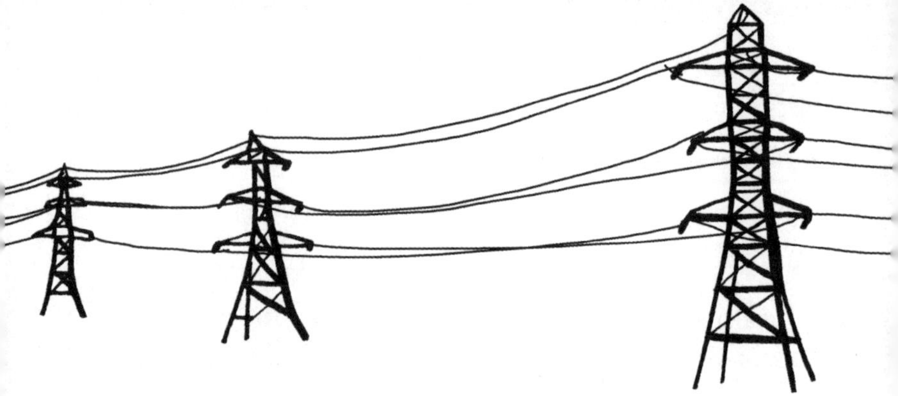

Kapitel vier

Wir hatten den Eiffelturm schon eine Weile angeschaut. Er sah nicht ganz genau wie der auf dem Titelbild aus. Die Form war ähnlich, aber irgendwas schien *anders*. Oben waren straff gespannte Kabel, die den Turm mit ... *anderen* Eiffeltürmen verbanden. Überall standen Eiffeltürme, so weit das Auge reichte. *Da muss sich was verändert haben, seit das Foto auf dem Buch gemacht wurde*, dachte ich bei mir. »Das nennt man wohl Fortschritt«, sagte ich laut.

Ich wusste nicht mehr, ob Laurence und ich noch sauer aufeinander waren. Ich drehte mich heimlich zu ihm um.

Mit seinem Knopfauge merkte er, dass ich guckte. Sein Gesicht war ganz zerknautscht. *Ich weiß gar nicht, warum er immer noch böse ist*, dachte ich. Ich hatte doch den Weg nach Paris gefunden. Und das, *ohne* eine Karte zu benutzen.

»So. Wir haben es also nach Paris geschafft«, erinnerte ich ihn an das Wunder, das sich gerade ereignet hatte. Ich kroch zum Eiffelturm, um ihn mir genauer anzusehen. Laurence hüpfte hinter mir her und murmelte vor sich hin. Wir standen darunter und schauten hinauf. »Ich muss uns eine besondere Abkürzung gefunden haben. Es hat doch gar nicht so lange gedauert.«

Laurence lachte, ohne den Schnabel zu öffnen. Er hatte wohl vergessen, dass er schlechte Laune hatte.
»Ja, das ging wirklich sehr schnell. Ich kann mich nicht mal erinnern, über den Ärmelkanal geflogen zu sein.«
»Ich glaube schon. Ich habe Enten gesehen«, antwortete ich.
»Ach, ich dachte, das war bloß ein Teich«, murmelte Laurence. Er öffnete die kleine Tasche, die er unter die Federn gesteckt hatte, und zog eine kratzig aussehende Decke heraus, die er heftig schüttelte. Ihm fiel wieder ein, dass er sauer war. »Ich bin immer noch wütend auf dich. Du hast mich glauben lassen, dass du gut im Kartenlesen bist«, sagte er. »Wir sind

nur durch reines Glück hier in Paris gelandet. Du bist genauso schlecht im Kartenlesen wie ich.« Er legte sich auf den Boden und zog sich die Decke bis zum Schnabel über. »Wäre ich doch zu Hause geblieben.«

»Tja«, sagte ich und legte mich neben ihn. »Ich wollte eigentlich gar nicht mitkommen. Ich wäre auch viel lieber zu Hause.« Ich zog ein Stückchen seiner Decke über mich und drehte ihm den Rücken zu. »Gute Nacht«, sagte ich ärgerlich.

»Hmpf. Gute Nacht«, antwortete er und zog die Decke wieder an sich.

Wir waren eine weite Strecke gereist. Die Sonne war untergegangen und die Sterne schienen am schwarz gewordenen Himmel. Ich überlegte mir einen Plan für den nächsten Tag. Ich würde früh aufstehen, noch bevor Laurence aufwachte und Zeit hatte, sich zu überlegen, was er zum Frühstück essen könnte.

Ich würde herumspazieren, mir die ganzen Eiffeltürme ansehen und schauen, was es in Paris sonst noch Interessantes gab. Ich würde Postkarten an alle daheim schicken, um ihnen mitzuteilen, dass ich jetzt hier lebte. Dann würde ich Französischunterricht nehmen und mein neues Leben hier in Frankreich beginnen.

Ich fing an, die Sterne zu zählen. Beim vierhundertvierundachtzigsten Stern schlief ich ein.

Kapitel fünf

In der Nacht schlief ich tief unter den Sternen. Als es früh am nächsten Morgen Zeit zum Aufwachen wurde, streckte ich meinen Wurmleib und gähnte herzhaft und ausgiebig. Ich schlug die Augen auf und erwartete Laurence' missmutiges Gesicht, eine kratzige Decke und eine Reihe Eiffeltürme auf einer Wiese zu sehen.

Aber da war keine Wiese. Und auch keine Eiffeltürme. Laurence und ich lagen nicht unter einer kratzig aussehenden Decke. Wir saßen auf einem Ledersofa in einer Art Hütte. Neben uns saß ein Maulwurf mit langen, scharfen Krallen. Damit strich er sanft über die Sofalehne. Ich schaute Laurence an, um herauszufinden, was hier los war. So einen Gesichtsausdruck hatte ich noch nie gesehen.

Meine Wurminstinkte sagten mir, dass *irgendwas* nicht stimmte.

Laurence und ich saßen in Gesellschaft eines böse wirkenden französischen Maulwurfs auf einem Sofa. Es war ziemlich dunkel hier drin, aber als sich meine Augen an das trübe, milchige Licht gewöhnt hatten, erkannte ich, dass Wände und Dach aus Pappe und Plastikflaschen bestanden.

Der Fußboden war nackte Erde. Am Eingangsloch saß ein mageres Eichhörnchen mit schlimmen Zähnen. Das starrte mich an und säuberte sich mit einem Zweig die Vorderzähne. Auf der anderen Seite des Eingangs hockte eine unheimliche Krähe. Die rührte mit einem Holzlöffel in einem großen Eisentopf, der auf einem offenen Feuer balancierte.

»Ich möchte jetzt gerne nach Hause, bitte«, flüsterte ich Laurence zu.

»Du musst still sein, Marcus. Versuch einfach, dich ganz normal zu verhalten«, flüsterte Laurence ganz laut zurück.

Der Maulwurf verstand anscheinend Englisch. »Entspaaaann dich, Marcus. Und du auch, Hühnervogel. Wir machen Frühstück. Das wird ein leckerer Eintopf.« Er sprach mit einwandfreiem englischem Akzent.

»Ich mag keinen Eintopf«, platzte Laurence heraus.

»Den hier wirst du mögen«, sagte der Maulwurf. »Es wird ein Hühnchen-und-Wurm-Eintopf.« Er lachte und die Krähe und das Eichhörnchen lachten mit.

Weder Laurence noch ich lachten über den Witz, weil wir beide wussten, dass wir damit gemeint waren (auch wenn Laurence gar kein Huhn ist).

»ICH GLAUBE, ICH MUSS MAL AUF DIE TOILETTE«, sagte Laurence sehr laut.
Alle hörten auf zu lachen. Die Krähe ließ den Löffel in den Topf fallen. Sie stellte sich so, dass sie den Eingang blockierte. Das Eichhörnchen stellte sich mit verschränkten Armen dahinter. Es kaute energisch auf seinem Zweig.
»Du musst NICHT auf die Toilette«, sagte der Maulwurf bestimmt. Alle schauten Laurence an.
Laurence dachte einen Augenblick nach. »Du hast Recht«, sagte er leise. »Es war *Fehlalarm.*«
Keiner sagte was. Laurence schaukelte leicht hin und her und stützte den Kopf in die Flügel. Ich stellte mir vor, irgendwo anders zu sein. Ziemlich gut wäre es, jetzt durch Paris zu spazieren. Oder vielleicht mit dem Fahrrad zu fahren, vornedran einen Weidenkorb mit einem frischen Baguette. Mir fiel

ein, dass ich gar nicht Fahrrad fahren konnte, und dann fiel mir ein, wo ich war und mit wem.

Seit ich Laurence kannte, hatte er mir nichts als Ärger eingebracht. Zuerst hatte er mich beinahe zum Frühstück verspeist, und jetzt würde ich, weil er wie ein Huhn aussah und ich zufällig neben ihm saß, als Mittagessen enden. Wenn wir uns doch nie begegnet wären. Er war so was wie ein Pechbringer. Ich musste so weit wie möglich weg von ihm und dem blöden Kochtopf. Eine Idee schwebte in mein Wurmhirn. Ich räusperte mich. »Entschuldigung, Herr Maulwurf. Ich denke gerade über Ihren Eintopf nach. Hätten Sie was dagegen, wenn ich Ihnen einen Tipp gebe, wie er noch besser schmecken könnte?«

»Wieso sollte ich mir denn anhören, was *du* mir vom Kochen erzählen willst?«, sagte er barsch.

Ich drehte mich zu ihm um und sagte: »Mein Onkel ist Koch.«

»Ah«, antwortete er. »Na, dann verrat uns mal ein paar Kochtipps von deinem Onkel.«

»Also«, fing ich an, »wenn du Hühnchen kochst, muss *unbedingt* Lauch mit hinein. Lauch-Hühner-Suppe schmeckt so, als würde einem das Herz in den Arm genommen. Fändest du das nicht schön, wenn dein Herz in den Arm genommen würde?«

»Ein *Eintopf* kann kein Herz in den Arm nehmen!«

»Oh doch, wenn nur genug Lauch und jede Menge Sahne drin ist.«

Der Maulwurf kratzte sich mit seinen Krallen am Kinn.

»Hmm, Sahne und in den Arm genommen werden mag ich wirklich gern.«

»Und zweitens – das weißt du wahrscheinlich selbst –, wenn man Wurm kocht, muss *unbedingt* Estragon beigegeben werden. Ihr kennt doch Estragon, oder?

Das ist ein Kraut.
Ich schätze, ihr habt welches für den Eintopf?«

Der Maulwurf sah das Eichhörnchen an, das Eichhörnchen die Krähe. Der Maulwurf schüttelte den Kopf. »Nein, haben wir nicht.«

»Oh.« Ich schüttelte auch den Kopf und tat so, als sei ich traurig, dass sie keinen Estragon hatten.

»Wo ist denn das Problem?«, fragte der Maulwurf.

»Na ja, wenn ihr einen Wurm mitkocht, ohne mit Estragon zu würzen, ruiniert das den Geschmack des Eintopfs vollkommen. Und wenn der Geschmack ruiniert ist, wird das Herz auch nicht umarmt.«

»Ich will aber umarmt werden!«

Der Maulwurf stand auf. Dann setzte er sich wieder und kreuzte die Vorderpfoten. »Dann lassen wir eben den Wurm weg.«

Mein Plan funktionierte. Ich wollte ihnen gerade anbieten, hinauszugehen und ein paar Stangen Lauch auszugraben, als Laurence wieder seinen großen Schnabel aufriss.

»Entschuldigt mal alle zusammen!«, sagte er. »Aber ich *bin* ehrlich gesagt gar kein Huhn. Ich bin ein Flamingo, wenn's recht ist. Ich sollte auch nicht

in diesen Eintopf rein. Wir wissen doch alle, dass Flamingo nicht zu Lauch passt.«

»Du bist kein Flamingo. Erzähl mir keine Lügen. Ich hasse Lügen«, sagte der Maulwurf, der langsam begriff, was hier ablief.

»Ich lüge nicht! Ich war noch *nie* ein Huhn und werde auch *nie* eins sein.«

»Du *bist* ein Huhn!« Der Maulwurf schüttelte wieder den Kopf. »Ihr beiden Spitzbuben macht mich noch verrückt.«

»Was, *ich auch*?«, fragte ich ganz unschuldig.

»Ja, du ganz besonders, du frecher Wurm – versuchst mich reinzulegen, damit ich dich nicht in die Suppe tue. Ich hätte dir fast geglaubt, dass dein Onkel Koch ist!«

Ich konnte ihm nicht in die Augen sehen. Er hatte Recht. Mein Onkel ist gar kein Koch; er ist Kellner.

»Also dann«, knurrte der Maulwurf. »Zurück zum ursprünglichen Plan. Wir machen HÜHNCHEN-UND-WURM-EINTOPF.«

Er riss sich zusammen und sprach mit sanfterer Stimme weiter. »Wir warten, bis das Wasser ein bisschen wärmer ist. Und dann nehmt ihr beide ein schönes heißes Bad.«

Das Eichhörnchen ließ frisches Gemüse in den Topf fallen. »Das wird euch bestimmt gefallen.«

»Ja«, sagten wir beide und spielten das eigenartige Spiel des Maulwurfs mit.

»Ein heißes Bad mit Zwiebeln, Möhren und Kartoffeln finde ich richtig toll.«

Jetzt waren wir wieder in der gleichen schrecklichen und hoffnungslosen Lage. Und noch schlimmer war, dass der Maulwurf so furchtbar dicht neben mir saß, so dicht, dass ich seinen Mundgeruch durch meine Wurmhaut riechen konnte. Er roch so, als ob er eine

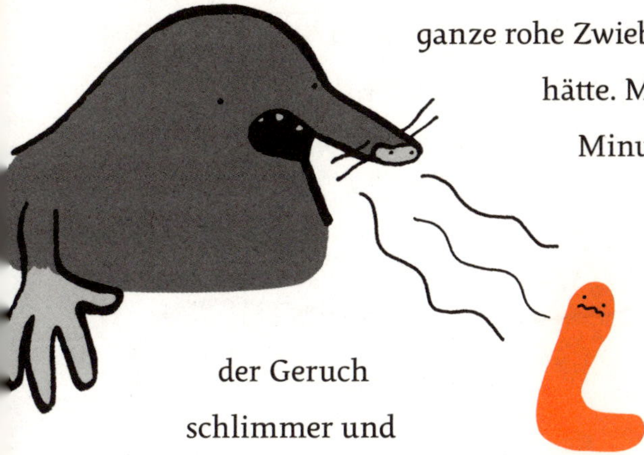

ganze rohe Zwiebel gegessen hätte. Mit jeder Minute wurde der Geruch schlimmer und schlimmer. »Und während wir alle drauf warten, dass das Wasser kocht, sollten wir ein bisschen tanzen!«, schlug ich vor, weil ich hoffte, so könnte ich von ihm wegkommen.

»Das ist eine Superidee.« Laurence stand auf und schwenkte unbeholfen die Hüften.

»HINSETZEN«, sagte der Maulwurf.

»Wir haben gar keine Musik, du gefiederter Schwachkopf.«

Laurence setzte sich und schaute zu Boden.

»Was für eine alberne Idee«, sagte der Maulwurf und sah mich an. »Wie sollen wir denn wohl tanzen ohne Musik?«

»Wir können doch selbst Musik machen«, sagte ich.

Der Maulwurf wollte schon wieder maulen, aber ich redete einfach weiter. »Eichhörnchen, du kannst mir einen Beat geben, oder? Ich brauche einen Achtachteltakt.«

Das Eichhörnchen warf der Krähe einen verwirrten Blick zu.
»Was machst du denn?«, flüsterte Laurence so laut, dass es alle hören konnten.
»Das nennt man Beatboxen. Es geht so.« Ich ließ die Lippen flattern, um einen Schlagzeugsound zu erzeugen. Dabei musste ich den Zwiebelgeruch tief einatmen. Inzwischen konnte ich die Zwiebel beinahe schmecken. »Kann das mal jemand für mich machen? Laurence?«
Laurence fing an zu zittern.
Ich machte die Geräusche noch mal und schlängelte meinen Körper zum Beat. Zuerst reagierte niemand, aber ich hörte nicht auf.

Nach einer Weile fing die Krähe an, im Takt mit dem Kopf zu nicken. Das Eichhörnchen versuchte mein Geräusch nachzumachen. Seine Zähne machten es ihm nicht leicht, das **Pbt** zu machen, und eigentlich kam nur **tschh tschh tschh** heraus.

»Klingt wie eine *Snare*«, sagte ich, um es zu ermutigen. Ich war ganz gut als Beatbox-Lehrer.

Das Eichhörnchen lächelte und zeigte seine schlimmen Zähne.

»Lass mich auch mal versuchen«, sagte der Maulwurf und stand auf.

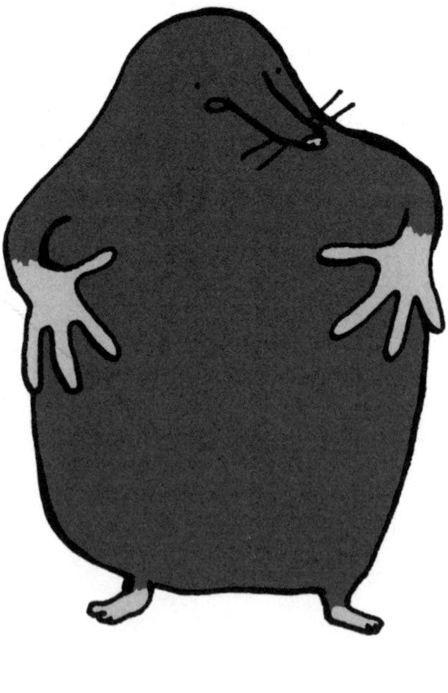

pfbb

pfbbb pfbb

pfbbb pfbbb

Das klang, als wollte er ein Furzgeräusch machen.

»Das, Maulwurf«, sagte ich, »klingt schon sehr nach einer Bass-Drum. Gib uns mal das **pfbbb** auf eins und zwei. Und versuche mal, es von da drüben zu machen.« Ich zeigte auf das andere Ende der Hütte, damit wir alle weniger von seinem Zwiebelatem hatten.

Jetzt machte auch die Krähe mit und stieß auf drei und sieben ein **Kraa** aus.

»Okay, und wir anderen steigen jetzt mit ein, auf fünf, sechs, sieben, acht ...«

Alle machten irgendwelche Geräusche wie **Pbt** oder **tschh** oder **pfbbb**, und wir alle bewegten uns im Takt. »Und jetzt wird es Zeit, ein bisschen zu tanzen.« Wenn ich es schaffte, alle zum Tanzen zu bringen, könnte ich vielleicht unbemerkt entkommen. Laurence musste selbst einen Ausweg finden. Ich wollte nicht, dass er mir noch mehr Pech brachte.

»Dieser Tanz heißt ›Der Wurm‹.« Ich warf mich auf den Boden und hob und senkte den Körper, wand mich quer durch den Raum. »Kann das sonst noch jemand?«

Der Maulwurf, das Eichhörnchen und die Krähe hatten sich ganz der Musik hingegeben. Sie stampften mit den Füßen und klatschten in die Krallen, Pfoten und Flügel.

»Ich werde tanzen!«, rief die Krähe und wedelte begeistert mit den Flügeln.

Mein Plan funktionierte.

Laurence stand auf, um besser sehen zu können.

Die Krähe hüpfte auf uns zu und wir wichen alle zurück und bildeten einen Kreis um sie. Sie blieb einen Augenblick still stehen und fing dann an, im Takt zu springen und zu trippeln.

»Das sind ja super Moves, Krähe. Könnt ihr anderen das auch?«

»Lass mich mal«, sagte das Eichhörnchen. Es tanzte in den Kreis hinein, und die Krähe hüpfte rückwärts, um ihm Platz zu machen. Das Eichhörnchen taumelte im Kreis herum, die Ellbogen nach außen gereckt.

»Jetzt bin ich dran!«, sagte der Maulwurf ungeduldig. Er watschelte in die Mitte und schwang die kurzen Ärmchen hin und her, wobei er von einem Fuß auf den anderen hüpfte. Er hatte kein besonders gutes Taktgefühl. Abgesehen von Laurence, der steif in der Ecke stand, waren alle wie gebannt von der Musik. Alle hopsten mit geschlossenen Augen herum. Eine Gans und ein paar Enten hatten uns gehört und kamen in die Hütte. Die Tanzschritte wurden ehrgeiziger. Das

Eichhörnchen
sprang und
machte mitten
im Sprung Spagat.
Die Enten quakten, und die Gans
versuchte einen Salto rückwärts, bei
dem sie aus Versehen die Hütte einriss.
Jetzt standen wir auf freiem Feld. Ich musste also
bloß auch noch Laurence dazu bringen, dass er

mit geschlossenen Augen tanzte, dann könnte ich entkommen.

»Laurence, kannst du steppen?«, fragte ich und tanzte den ›Wurm‹ über den Boden.

»Ich kann nicht so gut tanzen«, sagte er und faltete die Flügel.

»DU STEPPST JETZT!«, sagte ich laut und starrte ihm in die Augen.

Schnell hüpfte Laurence in die Kreismitte. Er steppte und machte komplizierte Tanzschritte – mit großer Präzision und unglaublicher Geschwindigkeit.

Alle hielten
inne, machten die
Augen auf und sahen
ihm zu. Er war ein fantastischer
Stepptänzer. Ich war stolz auf ihn. Aber
damit konnte ich mich nicht aufhalten. Jetzt
war meine Chance zum Weglaufen gekommen.
Die Erde war weich, perfekt zum Graben ...

Doch so gern ich auch frei sein wollte, ich konnte mich nicht bewegen.
Etwas hielt mich zurück.
Sicher, Laurence hatte mir Pech gebracht, aber es fühlte sich komisch an, ihn zurückzulassen. Im Kopf stellte ich eine Liste der Vor- und Nachteile auf, mit Laurence befreundet zu sein. Ich war gerade bis »er kann richtig gut fliegen« gekommen, das stand auf der Vorteilsseite, als mir auffiel, dass die Tanzfläche voller Würmer war!
Die mussten sich von unten hochgegraben haben, weil sie Laurence' *Tipptapp*-Tanzschritte für ein Regengeräusch gehalten hatten. In der Wurmgesellschaft kriechen alle, wenn es regnet, an die Oberfläche. Das machen wir einfach.

Laurence hatte keinen Platz mehr zum Tanzen. Maulwurf war sehr erregt. Und ich hatte meine Chance verpasst.

»Hört auf mit der Musik«, sagte Maulwurf und wedelte mit den Krallen.

Alle hörten auf mit ihrem **pbbt** und **tschh** und **kraa** und sahen ihn an.

Die Tanzparty war vorbei und Maulwurf war sehr, sehr sauer.

Kapitel sechs

»Hört auf zu tanzen, hört auf mit der Musik«, sagte Maulwurf wieder und wedelte mit seinen großen Krallen im Kreis herum. »Irgendwas ist hier los und es gefällt mir nicht.« Er sah uns alle an. »Welcher von euch Kriechern ist Marcus?«

»*Ich* bin Marcus«, sagte ein Wurm, der nicht ich war.

»Okay, schnappt ihn euch«, sagte Maulwurf. »Werft ihn in den Topf. Das Wasser muss inzwischen schon gekocht haben.«

Eichhörnchen und Krähe drängten sich durch das Wurmgemenge.

»*Ich* bin Marcus«, sagte noch ein anderer Wurm, der auch nicht ich und ganz hinten war.

Eichhörnchen und Krähe schauten Maulwurf an, weil sie wissen wollten, was sie jetzt tun sollten.

Maulwurf stand auf Zehenspitzen, um zu

sehen, wessen Stimme da gesprochen hatte. »Ihr könnt nicht *beide* Marcus sein!«, sagte er wütend. »Welcher von euch ist der *echte* Marcus?«

Einer der beiden angeblichen Marcusse zwinkerte mir freundlich zu. Ich kicherte und sah Laurence an, ob er das auch witzig fand. Laurence' Augen quollen ihm auf beiden Seiten aus dem Kopf; er sah wirklich verwirrt aus.

Ein weiterer Wurm meldete sich. »*Ich* bin Marcus.«

Dann noch einer.

Und dann behaupteten alle Würmer, einer nach dem anderen, ich zu sein!

»Das war's jetzt«, sagte Maulwurf. »Werft sie ALLESAMT in den Eintopf!«

Alle fingen an zu schreien.

Krähe hüpfte in die Wurmmenge und versuchte die Würmer mit den Flügeln aufzusammeln. Die wanden und schlängelten und gruben sich rasch wieder in die Erde. Schnatternd und quäkend flogen die Gänse und

Enten weg. Überall waren Flügel und Federn. Im Durcheinander sah ich, wie Laurence mit dem Schnabel einen Wurm aufhob. Dann flog er hinauf in den Himmel.

Krähe sah mich an. Ich war als einziger Wurm übrig.

Doch ehe er mich mit dem Flügel erwischen konnte, sprang ich mit dem Kopf zuerst ins Erdreich und grub mich so schnell ich konnte hinein. Ich buddelte mich tiefer und tiefer in den Boden – tiefer, als ich je zuvor gewesen war.
Ich hörte erst auf zu graben, als ich so erschöpft war, dass ich mich keinen Millimeter mehr bewegen konnte.
Ich war ganz allein so tief unter der Erde.
»Es ist sehr still hier unten«, sagte ich – sogar laut, obwohl doch niemand da war, der mich hören konnte. Ich hatte ganz vergessen, wie still es im Untergrund war. »Und ich bin sehr weit weg von zu Hause.«

Ich war verängstigt. Ohne Laurence hatte ich niemanden mehr, mit dem ich reden konnte, und ich wusste nicht, wie ich wieder nach Hause finden sollte. Selbst *mit* Laurence war ich mir nicht so sicher, wie ich dahin kommen sollte. Jetzt steckte ich für immer ganz allein hier in Frankreich fest.

Plötzlich wurde ich wütend. Wie konnte Laurence es wagen, mit einem anderen Wurm davonzufliegen? Wir wollten dieses Abenteuer doch zusammen durchstehen. Laurence konnte diesen anderen Wurm doch nicht für mich gehalten haben? Wir sahen uns überhaupt nicht ähnlich. Ich kannte Laurence schon seit gestern. Meinte er etwa, dass alle Würmer gleich aussahen?! Oder vielleicht *hatte* er uns auch gar nicht verwechselt. Vielleicht dachte er, mit ein bisschen Glück könnte er einen besseren Navigator finden. Aber was ist das für ein Freund, der seinen Freund so einfach fallen lässt? Wie konnte er nur so selbstsüchtig sein?

Ich schrie den wütendsten Ausdruck, der mir einfiel. »Du Schuft!«

Obwohl Laurence auch Ärger machte, hatte ich mich doch an seine Gesellschaft gewöhnt. Ich vermisste ihn. Ich vermisste ihn wirklich richtig. Und das nicht bloß, weil er in seinen Federn noch Sandwiches verstaut hatte und ich hungrig war.

Da hörte ich ein gedämpftes Scharren über mir.

»Gwenda?« Ein Kopf tauchte in einem frisch gegrabenen Loch in der Decke meiner Erdkammer auf. Es war einer der Würmer. Eine Wurmfrau. Sie machte die Augen auf und zu. »Bist du das?«, fragte sie und sah mich mit breitem Lächeln an. Sie sprach hervorragend Englisch. Wie anscheinend alle in Frankreich.

»*Non*, ich bin es.« Ich bemühte mich, ihre Sprache zu sprechen. »Ich bin der echte Marcus.«

»Ach.« Sie seufzte schwer und ihr Lächeln verschwand.

»Ein dicker Vogel, der ein bisschen wie ein Huhn aussah, hat Gwenda mitgenommen. Wir hatten gehofft, er habe sie fallen gelassen und sie sei zurückgekommen. Wir haben dich rufen hören und gedacht, du wärst sie.«

»Tut mir leid, ich bin nur ich. Aber ich kenne den dicken Vogel, den du erwähnt hast – das ist Laurence. Er will zum Lake Nakuru fliegen und erwartet bestimmt, dass Gwenda ihm beim Navigieren hilft. Die werdet ihr nicht wiedersehen«, schnaubte ich.

»Wir werden Gwenda nicht wiedersehen?«, wiederholte der Wurm langsam.

Ich hatte ein schlechtes Gewissen, weil ich ihr die schlechte Nachricht überbracht hatte.

»Wo ist denn dieser Lake Nakuru?«, fragte sie. »Da müssen wir auch hin.«

Ich brachte es nicht über mich, ihr das zu

sagen: Zum Lake Nakuru würden sie nur kommen, wenn sie sich mit anderen Vögeln anfreundeten, die es womöglich für eine gute Idee hielten, mit einem Wurm zu verreisen, und ihn nicht zum Frühstück verspeisen wollten. Und das war nicht gerade wahrscheinlich.

»Wo ist es?«, fragte sie noch einmal.

»Das ist in Kenia, in Afrika«, flüsterte ich ganz leise.

»In Afrika? Aber das ist doch kilometerweit weg! Den Weg nach Afrika kennt sie ganz bestimmt nicht.«

Dazu fiel mir nichts mehr ein. Wir schwiegen beide eine Ewigkeit. Ich musste an Robert the Bruce denken. Über den haben wir in der Wurmschule was gelernt, in Geschichte. An das meiste kann ich mich nicht mehr erinnern, aber der beste Teil war, als bei Robert alles schiefging und er in einer Höhle leben musste, um sich vor den Bösen zu verstecken. Da langweilte er sich so, dass er am Ende einer Spinne zuschaute, wie sie ein Netz zu bauen versuchte.

Die Spinne stürzte dabei immer wieder ab, aber sie krabbelte auch immer wieder hoch und versuchte es noch einmal. Diese kleine Spinne inspirierte Robert the Bruce, niemals aufzugeben. Ich glaube, er hat später noch etwas Bedeutendes geleistet, aber an den Teil erinnere ich mich nicht mehr, nur noch an die Sache mit der Spinne.

Ich schaute meine baumelnde Wurmfreundin an. »Robert the Bruce hat einmal gesagt: ›Es ist noch kein Meister vom Himmel gefallen.‹« Ich wusste nicht genau, warum ich das sagte, aber es war anscheinend genau das Richtige, denn sie lächelte wieder und sagte:

Etwas später standen wir in einem Kreis von Würmern auf einem Feld. Wir trugen alle Bänder um den Kopf mit dekorativen Zweigen darin. Einer der Würmer ordnete Zweige in der Kreismitte an.

»Das wird uns helfen, Gwenda zurückzubekommen«, erklärte er in ganz ernstem Ton.

Ich schaute die Zweige auf dem Boden an.

»Lasst die Zeremonie ohne weiteren Aufschub beginnen«, verkündete er dann.

Die Würmer fingen an, sich im Kreis um die Zweige zu winden, und riefen dabei einen Singsang: »Komm zurück, Gwenda. Komm zurück, Gwenda. Komm zurück, Gwenda.« Ich machte mit.

KOMM
ZURÜCK,
GWENDA

Während wir immer weiter im Kreis krochen, fragte ich mich, ob ich wohl auch mit Zweigen auf dem Kopf rufen würde, wenn ich noch zu Hause wäre. Ich dachte mir, dass ich bestimmt über diese Würmer gelacht und gesagt hätte, dass sie alle nicht ganz dicht waren. Aber jetzt war ich vollkommen allein hier in Frankreich. Ich hatte kaum eine andere Wahl, als mich anzupassen, auch wenn die Eingeborenen hier zufällig total schräge Spinner waren.

Ich weiß nicht, wie lange wir unseren Spruch riefen. Es mochten dreißig Sekunden gewesen sein oder vielleicht auch drei Stunden, aber schließlich legte eine Wurmfrau mit einem riesigen Zweig den Kopf zurück und sagte laut:

»Da kommt sie.«

Wir schauten alle nach oben. Ein draller weiblicher Wurm fiel vom Himmel. Wir sahen sie immer größer werden und immer näher kommen, bis sie schließlich mitten

im Kreis zu Boden plumpste.

»Das ist Gwenda«, sagte einer der älteren Würmer.

Ich konnte es nicht fassen – niemand schien überrascht!

Die Würmer versammelten sich um sie. »Und nun werden wir Dank sagen«, sagte ein großer Wurm.

Wir fingen wieder an zu kreisen.

Diesmal mussten wir »Danke, danke, danke« singen. Gwenda öffnete die Augen und richtete sich auf. Sie zitterte.

Wir rückten alle näher heran.

»Geht es dir gut, Gwenda?«, fragte eine Wurmfrau mit so viel Dekoration auf dem Kopf, dass man ihre Augen kaum sehen konnte.

»Ja«, sagte Gwenda.

»Ein unheimlicher Hühnervogel-

Dingsbums hat mich mit dem Schnabel aufgeschnappt. Ich dachte, er würde mich essen. Er hat mich hoch in die Luft geschleudert und ich bin auf seinem Rücken gelandet. Dann hat er mit mir geplaudert, als wären wir alte Freunde, und

jede Menge Quatsch geredet. Er meinte, er wollte nicht, dass die Krähe mich in den Kochtopf tut, und dass es ihm leidtat, dass er so egoistisch war und nach Afrika wollte. Er sagte, er wolle mir helfen, zurück nach Hause zu kommen, zu meinem Wurmleben, wo ich Löcher in die Erde graben könnte. Und ich dachte mir: *Wenn du dir solche Sorgen um mich machst, wieso hast du mich dann überhaupt erst verschleppt?!*«

Während ich Gwenda zuhörte, wurde mir klar, dass Laurence sie für mich gehalten hatte. Ich wollte die ganzen schrecklichen Sachen zurücknehmen, die ich über ihn gedacht hatte. Ich wünschte, ich hätte ihn nicht einen Schuft genannt. Plötzlich mochte ich Laurence wieder und wünschte

mir, er wäre hier. *Wenn er hier wäre,* dachte ich mir, *würde ich mich von ihm nicht nach Hause bringen lassen. Dann würde ich ihm anbieten, uns richtig zum Lake Nakuru zu navigieren. Da wollte er schließlich eigentlich hin.*

Gwenda redete immer noch. »Und dann hat er gesagt: ›Marcus, Marcus, kannst du mich hören? Marcus, bist

du in Ohnmacht gefallen?‹ Und ich habe gesagt: ›Ich bin nicht Marcus. Ich bin

Gwenda.‹ Und an der Stelle habe ich das Gleichgewicht

verloren und bin
vom Himmel gefallen.
Ich habe euren ›Komm zurück, Gwenda‹-Zweighaufen gesehen und habe es irgendwie geschafft, darauf zuzufliegen. Das war das Tollste an diesem entsetzlichen Erlebnis, und ich sage es euch ganz ehrlich, ich hätte nichts dagegen, den Teil noch mal zu wiederholen.«

Dann fuhr sie fort: »Als ich runterfiel, redete Laurence immer noch mit mir. Er hat sich entschuldigt, dass er mich zuerst entführt und dann fallen gelassen hat. Und wenn ich Marcus sähe, sollte ich ihm sagen, dass Laurence nach ihm sucht.«
Alle wandten sich zu mir.
»Du musst Laurence finden!«, sagten sie mit einer Stimme.

Ich seufzte. »Wie soll ich ihn finden? Schaut euch doch den Himmel an, der ist riesig. Die Welt ist groß und ich bin bloß ein kleiner, bescheidener Wurm. Es hat gar keinen Zweck, es überhaupt zu versuchen.« Wieder stieß ich einen Seufzer aus, diesmal einen viel größeren.

»Ich sage dir nur ein Wort«, meldete sich meine Wurmfreundin, die unter der Erde von der Decke gebaumelt war. »Robert the Bruce.«

Ich wollte sie nicht korrigieren und ihr sagen, dass es in Wirklichkeit drei Wörter waren. Ich wusste, was sie meinte. Ich durfte nicht aufgeben.

»Du bist nicht allein auf dieser großen weiten Welt«, fügte sie hinzu. »Du hast uns und wir werden dir helfen.«

Ich war richtig froh, diese französischen Würmer getroffen zu haben. Sie waren freundlich und hilfsbereit, wenn auch ziemlich schräg.

Kapitel sieben

Meine französischen Wurmfreunde hatten einen Plan ausgeheckt, damit Laurence mich finden konnte. So seltsame Sachen hätte ich zu Hause niemals gemacht, aber irgendwas hatten diese Würmer an sich – ihr fester Glaube, dass alles möglich war, ließ auch mich glauben, dass es funktionieren würde.

Ich war beinahe ganz oben auf einem ungewöhnlichen Turm.

Ich trug eine Krone aus Zweigen, die mir einer der Würmer auf den Kopf gesetzt hatte.

Und gerade als ich dachte, dass ja alles möglich wäre, hörte ich ein lautes *Wuuusch* und wurde sofort von einem Vogelschnabel in die Luft gehoben. Mit aller Kraft versuchte ich mich umzudrehen und zu sehen, wer das war.
Es war Laurence!

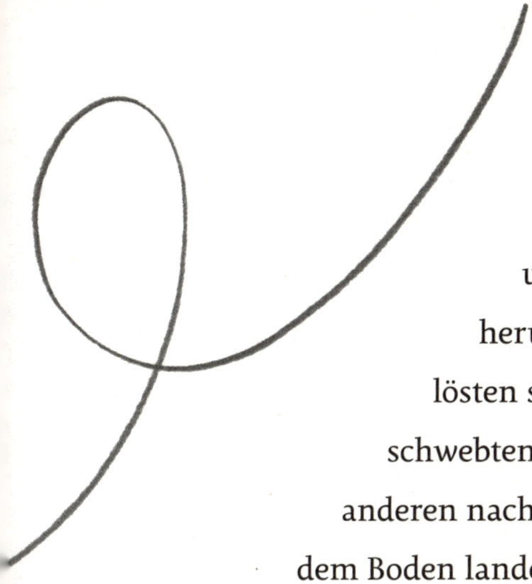

Ich hing
über Kopf
und die Krone fiel
herunter. Die Zweige
lösten sich vom Band und
schwebten einer nach dem
anderen nach unten, bis sie auf
dem Boden landeten.

Es war der perfekte Abschiedsgruß an
meine hilfreichen Freunde.

Laurence glitt ein Stück und landete auf einer nahen Wiese. Er war außer Atem und seine Federn waren gesträubt. »Ich habe überall nach dir gesucht«, keuchte er. »Geht es dir gut?«

»Ja! Vielen, vielen Dank, dass du gekommen bist, mich zu holen.«

»Ich habe mir solche Sorgen gemacht, dass die Krähe dich in den Topf geworfen haben könnte«, sagte er und holte ein Käse-Sandwich aus seinen Federn. Er lehnte sich gegen einen Holzklotz und versuchte zu Atem zu kommen und gleichzeitig sein Sandwich zu essen.

»Möchtest du etwas abhaben?«, fragte er.

»Ja, bitte«, sagte ich.

Wir aßen schweigend. Der

Sandwich war mit eingelegten Zwiebeln belegt. Ich liebe eingelegte Zwiebeln.

»Ich sollte dich wirklich wieder nach Hause bringen«, sagte Laurence. »Ich habe dir genug Ärger gemacht. Tut mir leid, dass ich dich gezwungen habe, mein Navigator zu sein. Ich weiß den Weg nicht so genau, aber ich werde dafür sorgen, dass du sicher nach Hause kommst. Das ist das einzig Vernünftige und Richtige.«

»Nein.« Ich sah ihn an. Ich musste die Augen zusammenkneifen, weil er vor der Sonne stand. »Ich möchte etwas für *dich* tun. Du bist so ein feiner Kerl gewesen. Ich habe darüber nachgedacht, und ich weiß, wie viel es dir bedeutet, zum Lake Nakuru zu kommen und bei den Flamingos zu sein. Ich möchte, dass wir zusammen weiter dorthin reisen.«

»Nein«, sagte Laurence. »Es wäre wirklich dumm, die Reise fortzusetzen, wenn keiner von uns beiden den Weg weiß. Ich muss dich nach Hause bringen.«

Ich konnte es nicht fassen. Laurence durchkreuzte meinen Plan, freundlich zu sein! Wie konnte er es wagen, mich am Nettsein zu hindern? War ihm nicht klar, wie schwer das für mich war? Es war wirklich ungehörig von ihm, Nein zu sagen, wenn ich ihm ein so großzügiges Angebot machte. Aber so leicht würde ich mich nicht von ihm unterkriegen lassen. »Ich BESTEHE darauf, dass wir nach Afrika reisen«, sagte ich sehr bestimmt.

»Oh«, sagte Laurence. Er schaute auf seinen Bauch. »Ich weiß gar nicht, was ich sagen soll. Glaubst du wirklich, dass wir den Weg zum Lake Nakuru finden? Geht das überhaupt?«

Ich hatte noch gar nicht darüber nachgedacht, ob es überhaupt möglich war, aber ich brauchte auch nicht zu antworten. Laurence fuhr fort. »Ich glaube, zusammen können wir es schaffen. Wir haben ja auch Frankreich gefunden.«

Jetzt wurde ich panisch. Ich war so wild entschlossen gewesen, freundlich zu sein, dass ich ganz vergessen hatte, dass ich den Weg gar nicht kannte. Bis nach Paris zu kommen, war reiner Zufall gewesen. Auf keinen Fall würden wir jemals den Lake Nakuru finden! Glaubte Laurence etwa, dass ich Zauberkräfte hatte oder so etwas? Diese ganze Reise war bisher eine einzige Kette von Katastrophen gewesen. Er hatte Recht – er hatte mir tatsächlich jede Menge Ärger gemacht. Egal wohin ich mich wandte, überall lauerte jemand darauf, mich zum Frühstück oder zu Mittag zu essen.

Ich wollte gerade vorschlagen, dass wir vielleicht doch lieber vernünftig sein und nach Hause fliegen sollten, als Laurence sagte: »Ich nehme dein freundliches

Angebot an, mit mir zum Lake Nakuru zu reisen. Den Weg nach Frankreich wussten wir auch nicht, aber zusammen haben wir es geschafft. Marcus, du bist ein unglaublich netter Freund. Ich bin so froh, dich kennengelernt zu haben. Das ist womöglich das Beste, was mir überhaupt je passiert ist.« Er schenkte mir ein warmes Lächeln.

Ich versuchte sein Lächeln zu erwidern, aber das kostete VIEL Mühe. Mein Gesicht war wie von Schlamm überzogen, der in der Sonne getrocknet war. Laurence hüpfte inzwischen vor Aufregung hin und her. »Wir gehen jetzt schlafen und morgen früh stehen wir ganz früh auf und fliegen nach Afrika«, sagte er und sprang hoch in die Luft.

»Hurra«, sagte ich mit monotoner Stimme und meinem trockenen Schlammlächeln.
Laurence legte sich ins hohe Gras und wollte einschlafen. Er bot mir seine federweiche Achsel an, um meinen müden Kopf darin zu betten. Ich nahm sein Angebot an und er deckte uns beide mit der kratzigen Decke zu.
Die Sonne stand zwar noch hoch am Himmel, denn es war erst Nachmittag, und mein Hirn hatte jede Menge neue Probleme zu lösen, aber ich fiel trotzdem in einen tiefen, ungestörten Schlaf.

Kapitel acht

Als ich früh am nächsten Morgen erwachte, hüpfte Laurence schon herum und packte seine Sachen zusammen. Mir fiel wieder ein, dass ich eingewilligt hatte, uns zum Lake Nakuru zu navigieren, und ich wollte gleich wieder einschlafen und so tun, als wäre dieser Tag gar nicht da.

»Glaubst du *wirklich*, dass es schon Morgen ist?«, fragte ich. »Denn abgesehen vom Mond, der groß und hell leuchtet, ist der ganze Himmel schwarz wie verbrannte Würstchen, und die anderen Vögel schlafen alle noch. Ich höre sie schnarchen.«

»Aber es *muss* morgens sein«, sagte er. »Wir haben eine Ewigkeit geschlafen. Willst du dich einfach heimlich ums Aufstehen drücken, Marcus?«

»Hehe, aber nein!«, log ich.

Laurence senkte den Kopf, damit ich auf seinen Nacken kriechen konnte, dann flog er hinauf in den Verbrannte-Würstchen-Himmel. In der Dunkelheit konnte ich besser sehen. Es war wie unter der Erde. Die Luft war kühl an meiner Wurmhaut.

Vielleicht, dachte ich. *Vielleicht könnte ich so tun, als würde ich uns nach Afrika*

lotsen, uns aber stattdessen nach Hause führen und dann ganz überrascht tun, wenn wir da ankommen. Das sollte doch machbar sein. Bis nach Paris haben wir nicht lange gebraucht. Der Rückweg würde mir bestimmt wieder einfallen, wenn ich ein paar vertraute Orientierungspunkte sehe.

Ich blickte in die dunkle Landschaft hinaus und versuchte Dinge zu entdecken, die ich kannte. Ich sah einen hohen Baum. Ich konnte mich deutlich erinnern, dass wir auf dem Weg hierher über einen

Baum geflogen waren. »Flieg zu dem Baum da links, Laurence«, rief ich laut.

Gleich hinter dem Baum kam eine Wiese, auf der ein schlafendes Pferd stand. Ich war hundertprozentig sicher, dass wir auf dem Hinweg ein Pferd gesehen hatten. »Flieg weiter geradeaus, über die Wiese.«

Das würde ja ganz leicht gehen. Ich konnte im Schlaf navigieren. Wahrscheinlich wären wir schon zu Hause, bevor die Sonne aufging.

Ich hätte wissen müssen, dass irgendwas nicht stimmte. Eben navigierte ich noch mit geschlossenen Augen durch den Verbrannte-Würstchen-Himmel, im nächsten Augenblick lag ich auf staubig roter Erde in der heißen Sonne.

Neben mir schlief Laurence, aus seinem Schnabel drangen Pfeifgeräusche. Ein Zebra schnüffelte um seinen Kopf herum.

»Wach auf, Laurence!«, flüsterte ich laut.

Laurence schlug die Augen auf und rieb sie mit den Flügeln. Er sah das Zebra und stieß einen schrillen Schrei aus, dann packte er mich mit dem Schnabel und flog auf einen hohen Baum.

Das Zebra sah zu uns hinauf. Es schwang den schwarzen Schweif hin und her, drehte sich dann um und knabbert ein bisschen trockenes Gras.

»Das Pferd da sieht genau aus wie ein Zebra!«, quiekte Laurence.

»Ja, und die Giraffe da sieht aus wie eine Giraffe!« Ich zeigte auf eine Giraffe, die Blätter von dem Ast rupfte, auf dem wir saßen.

»Wo sind wir?«, fragte Laurence atemlos.

Ich sah mich um. Solche Tiere hatte ich bisher nur in Laurence' Afrikabuch gesehen. Vielleicht hatte ich, als ich die Augen geschlossen hatte, Laurence aus Versehen im Schlaf nach Afrika dirigiert. So musste es gewesen sein! Wir hatten es tatsächlich bis nach Afrika geschafft!
Eine Welle der Erregung schwappte durch meinen Wurmleib. Nicht weil wir in Afrika waren, sondern wegen der Entdeckung, dass ich im Schlaf navigieren konnte. Was konnte ich wohl noch alles? Vielleicht war ich auch ein virtuoser Schlaf-Trompeter oder der tollste Schlaf-Maurer der Welt.

Laurence unterbrach meine Tagträume. »Marcus, ich glaube, ich habe uns im Schlaf nach Afrika geflogen! Ich kann im Schlaf fliegen!«

»Echt?« Ich fragte mich, ob wir wohl ein gemeinsames Talent hatten.

»Ja! Du hast mir nämlich gesagt, ich soll über einen Baum fliegen und dann über eine Wiese. Und während ich dann auf deine nächste Anweisung wartete, muss ich eingeschlafen sein. Vielleicht bin ich tagelang weitergeflogen, oder sogar wochenlang. Und jetzt sieh mal, wo wir gelandet sind! Das sieht aus wie der Lake-Nakuru-Nationalpark in Kenia. Ich kann es gar nicht fassen, dass du den Weg wusstest und dass ich uns hingeflogen habe.«

»Ich kann es auch nicht fassen«, sagte ich. Ich hatte ein Gefühl in meinem Körper wie noch nie zuvor.

Es war so, als würden eine Million glücklicher Schmetterlinge mit den Flügeln flattern und ein fröhliches Lied singen. Ich machte mir nicht mal mehr Sorgen, wie wir wohl wieder nach Hause kommen würden. Das würde ich wahrscheinlich bei einem Nachmittagsnickerchen hinkriegen. Laurence hatte davon geträumt, hierherzukommen, und ohne uns groß anzustrengen, hatten wir es tatsächlich geschafft.

Kapitel neun

»SPRICHST DU ENGLISCH?«, rief Laurence der Giraffe zu. Die Giraffe sah uns mit ihren sehr großen Augen an. »KÖNNTEST DU UNS EIN STÜCK MITNEHMEN?« Diesmal machte er ein bisschen vor, was er meinte.

Die Giraffe lächelte und senkte den Kopf, so dass wir draufsteigen konnten. Sie ging um einen der hohen Bäume herum, und Laurence und ich balancierten auf ihrem Kopf.

Laurence wandte sich zu mir um. »Das ist doch großartig, oder?«

War es wirklich. Ich hätte nie im Traum ans Reisen gedacht, und jetzt balancierte ich auf dem Kopf einer Giraffe in Kenia. Hinter den Bäumen und hinter einem niedrigen Zaun standen jede Menge Kinder mit ihren Mamas und Papas. Alle zeigten in unsere Richtung und lachten und hatten Spaß.

Die Giraffe senkte ihren langen Hals bis zum Boden, und Laurence und ich hüpften herunter.

»VIELEN HERZLICHEN DANK«, rief Laurence und verbeugte sich, um zu zeigen, wie dankbar er war. »Mit dir alles in Ordnung, Marcus?«, fragte er. »Deine Haut ... die sieht ein bisschen trocken aus.«

Ich hatte oben auf der Giraffe so viel Spaß gehabt, dass ich gar nicht gemerkt hatte, wie mein Körper in der Hitze verschrumpelte. Ich versuchte ihm zu antworten, aber ich konnte den Mund nicht bewegen.

»Ich glaube, wir sollten rasch ein bisschen Matsch finden, damit du dich abkühlen kannst.«

Laurence nahm mich wieder in den Schnabel und flog über ein paar Bäume und Büsche.

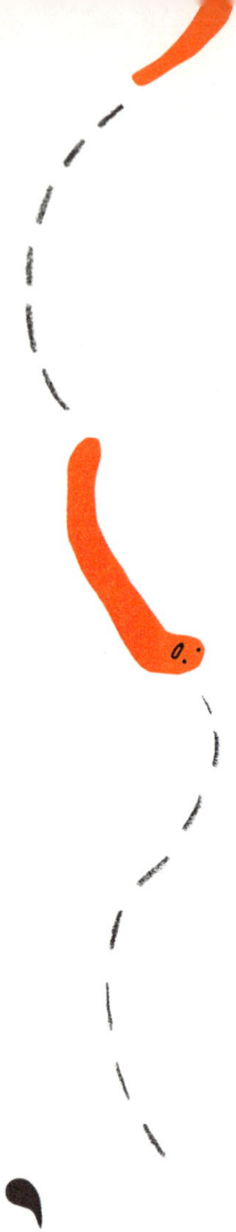

»Das ist ein Sumpf!«, sagte er. Dabei vergaß er, dass er mich im Schnabel hatte, und ließ mich kopfüber in den Schlamm fallen. Er war kalt und klebrig wie die dicke Schokocreme auf einem Geburtstagskuchen. Ich sank bis auf den Grund. Es fühlte sich ganz und gar wundervoll an.

»Alles okay da unten?«, hörte ich Laurence' gedämpfte Stimme.

»Alles bestens«, sagte ich und tauchte wie neugeboren aus dem Matsch auf. Ein großes schweineartiges Tier beobachtete mich. »Hallo, Schweinchen«, sagte ich. Ich versuchte freundlich zu sein, falls es mich für eine mit Schokolade überzogene Leckerei hielt.

Das Schwein schnaubte in meine Richtung und duschte mir den Schlamm ab.

»Danke, Schweinchen.« Ich wollte das Gespräch in Gang halten, falls es mich jetzt für einen herzhaften Happen hielt.

»Das ist kein Schwein. Es ist ein Zwergflusspferd«, sagte Laurence, der gerade ein Schild las. »Ich muss sagen, es ist alles sehr gut organisiert hier am Lake Nakuru, mit diesen ganzen Informationsschildern.«

Das stimmte. Überall standen Schilder – außerdem führten überall sauber angelegte Wege hin, begrenzt von kleinen Zäunen. Ehrlich gesagt sah das kein bisschen so aus wie in Laurence' Afrikabuch.

Laurence musste gerade das Gleiche gedacht haben. »So habe ich es mir überhaupt nicht vorgestellt«, sagte er, als er einen Weg entlanghüpfte. »In meinen Safaribüchern gab es viel mehr freies Feld und weites Land und staubige Ebenen. Es wirkte viel *natürlicher.*«

»Ich habe es schon mal gesagt, aber ich sage es gern noch einmal, Laurence – das nennt man wohl Fortschritt.«

Laurence nickte. »Das muss es sein. Aber es gefällt mir; es ist sehr ordentlich.«

Ich hatte wieder das Schmetterlinge-im-Bauch-Gefühl von vorhin, als mir einfiel, wie hervorragend ich navigieren konnte.

»LAURENCE?«, sagte ich ein bisschen zu begeistert.

»Ja?«

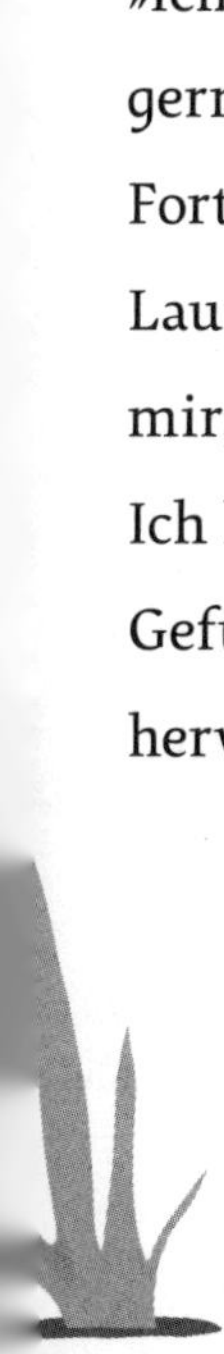
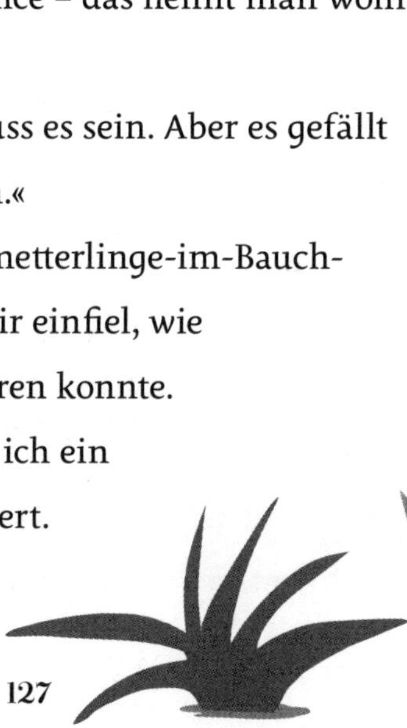

»Komm, wir suchen diesen Lake Nakuru. Er kann doch nicht mehr weit von hier sein.«

Laurence schnappte nach Luft.

»Da können wir die Flamingos treffen.«

Seine Augen fingen an zu strahlen. »Vielleicht führt uns eins der Hinweisschilder zum See«, sagte er und hüpfte weiter auf dem Weg, um auf die spitzen Pfeilschilder zu gucken. »Ah, sieh mal, hier ist sogar eine Karte. Komm und schau sie dir an!«

Dummer Laurence. Er hatte offenbar ganz vergessen, dass ich zum Navigieren keine Karte brauche.

»Psst«, machte das Zwergflusspferd.

»Wenn ihr nach den Flamingos sucht, die wohnen mitten im See, von hier aus hinter dem Giraffenhaus.« Er hob den Kopf, um uns die Richtung zu weisen.

»Vielen herzlichen Dank«, sagte ich, von seinen Englischkenntnissen verblüfft.

Das Flusspferd besprühte mich wieder mit Wasser. Das spülte mich den Weg entlang wie auf einer Wasserrutsche. Diese Wasserspritzerei war wohl so ein lokaler Brauch. An einer Pfütze sog ich mir die Wangen voll und besprühte ihn auch. Es hatte nicht ganz die gleiche Wirkung, aber ich hoffte, dass er die Geste zu schätzen wusste. Dann schloss ich zu Laurence auf, der immer noch sein gesamtes Vogelhirn darauf verwandte, die Karte zu verstehen.

»Ach, komm«, sagte ich. »*Ich* bin doch hier der Navigator.« Ich sprang auf seinen Rücken, ohne darauf zu warten, dass er den Nacken beugte. Ich verfehlte ihn und rutschte seitlich an seinem Flügel herunter. Laurence hob mich mit dem Schnabel auf und warf mich in meinen üblichen Sitz.

Wir flogen über ein paar Löwen und eine Gruppe Pinguine. Ich kicherte vor mich hin. In der Wurmschule hatte man uns gelehrt, dass Pinguine in kalten Gegenden leben. Dumme Lehrer, wussten die nicht, dass es besondere Pinguine gab, die in Afrika lebten? Oder vielleicht waren es auch gar keine besonderen afrikanischen Pinguine.

Vielleicht waren sie im Urlaub?

»Oh, sieh mal, da drüben sind Kängurus«, sagte Laurence, als wir über einen großen Hügel flogen.

»Mit Kängurus hätte ich nicht gerechnet. Ich dachte, die gäbe es nur in Australien.«

Gab es auch besondere *Kängurus*, die in Afrika lebten?

»Die sind wahrscheinlich auch im Urlaub«, sagte ich. Sicher machten sie die gleiche Pauschalreise wie die Pinguine.

In dem Augenblick sah ich in der Ferne etwas glitzern. »Laurence! Da ist er ... der Lake Nakuru. Da drüben. Ich kann ihn sehen! Ich kann ihn sehen!«

»Roger!«, sagte Laurence aufgeregt, weil er offenbar vergessen hatte, dass ich Marcus hieß. »Wir haben es geschafft!«

Wir landeten am Rand des Sees neben ein paar hohen Bäumen. Wir wollten gerade zur Feier des Tages »Der ewige Kreis« aus dem *König der Löwen* anstimmen – weil das der einzige Song über Afrika war, den

wir kannten –, als ich aus dem Augenwinkel ein Eichhörnchen sah. Es sah irgendwie vertraut aus, genau wie das mit den schlechten Zähnen, das mit dem bösen Maulwurf befreundet war.

Ich hatte ein komisches Gefühl im Bauch.

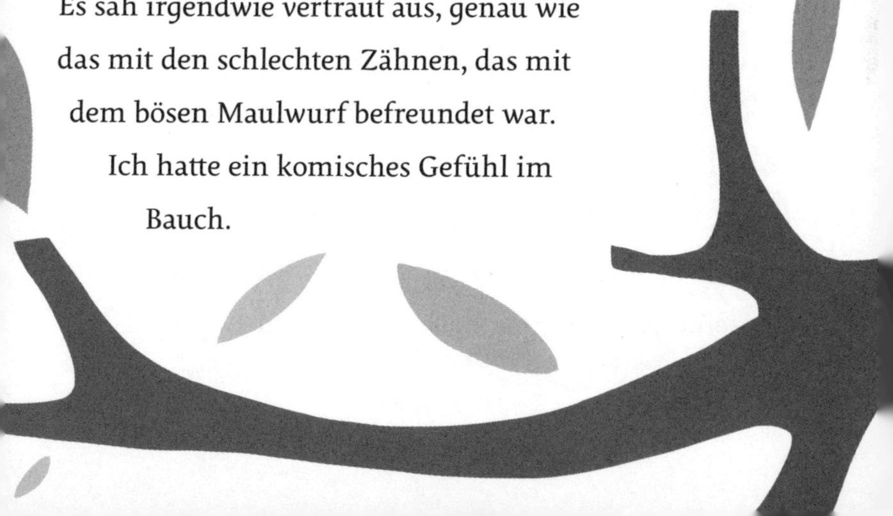

Kapitel zehn

»Wo guckst du denn hin?«, fragte Laurence.

Das Eichhörnchen war weggehuscht und ich starrte einen leeren Zweig an.

»Erinnerst du dich an das Eichhörnchen von neulich?«

»Ooh ja«, sagte Laurence und schüttelte sich ganz komisch. »Wir waren fast schon Eintopf!«

»Ich glaube, das habe ich gerade gesehen, Laurence.«

»Das kann nicht sein. Wieso sollte das denn hier in Afrika sein? Das musst du dir eingebildet haben!«

»Das stimmt«, sagte ich und lachte, obwohl es gar nicht witzig war.

Ich schaute wieder in den Baum hinauf, zur Sicherheit. Da waren keine Eichhörnchen. Das musste meine alberne Fantasie gewesen sein. Ich wandte mich wieder an Laurence. Der starrte mit offenem Schnabel geradeaus. Er sah aus, als hätte er etwas Sensationelles entdeckt, ein Einhorn zum Beispiel oder einen Berg Pommes mit Käse obendrauf. »Was ist denn?«, fragte ich und folgte seinem Blick, ob da ein Einhorn oder Käsepommes waren.

Eine Träne lief Laurence über die Wange. Er starrte eine kleine Gruppe von rosa Vögeln mit langen, dünnen Beinen an, die auf einer Insel mitten im See standen. »Das sind sie! Meine Flamingo-Familie!«, sagte er mit leiser, brüchiger Stimme.

Sie waren es tatsächlich.
Wir betrachteten sie schweigend. Wir schauten so lange hin, dass ich irgendwann nicht mehr sicher war, ob die rosa leuchtenden Flamingos wirklich echt waren. Sie standen so still und reglos auf ihren dünnen Beinen, die wie Zweige aussahen. Vielleicht waren sie ja aus Plastik? Dann beugte einer der Flamingos elegant den Hals, um einen Fisch aus dem Wasser zu holen und dann herunterzuschlucken.
»Ich glaube, sie sind echt«, sagte ich laut.
Laurence seufzte. »Hier gehöre ich her. Das ist mein wahres Zuhause. Ich kann es immer noch nicht fassen, dass wir es geschafft haben.«
Ich konnte es auch nicht fassen. Ich sah Laurence an, dann die Flamingos, dann wieder Laurence. Er sah immer noch wie ein Huhn aus – wie ein kleines, dickes Huhn. Ich überlegte, ob ich es ihm sagen sollte, aber dann fiel mir ein, dass ich ja freundlich sein wollte. In seiner Vorstellung *war* Laurence ein Flamingo. Auch wenn er eindeutig keiner war, war es sicher am besten, so zu tun, als wäre er einer.

Freunde machen das so.

»Ich habe immer davon geträumt, Flamingos zu treffen, und jetzt passiert es endlich«, fuhr Laurence fort. »Ich bin *einer von ihnen.*«

»Ja, das bist du«, log ich. Aus irgendeinem Grund – ich weiß auch nicht, warum – tauchten Senfgürkchen in meinem Wurmhirn auf. Die sind eine der leckersten Sachen, die man überhaupt kriegen kann. Sie sehen aus wie – schmecken aber nicht wie – Dinosaurier-Zehen.

»Sollen wir hingehen und sie kennenlernen?«, fragte Laurence. Er meinte die Flamingos, nicht die Gürkchen.

»Ja«, sagte ich.

Wir flogen zu der Insel im See und landeten neben einem Grüppchen Flamingos. Ich konnte nicht anders, ich musste einfach ihre Beine anstarren. Aus der Nähe sahen sie noch mehr wie Zweige aus. Laurence musste auch gründlich hingeschaut haben, denn einer der Flamingos sagte unfreundlich: »Was glotzt du denn so, kleiner Vogel?«

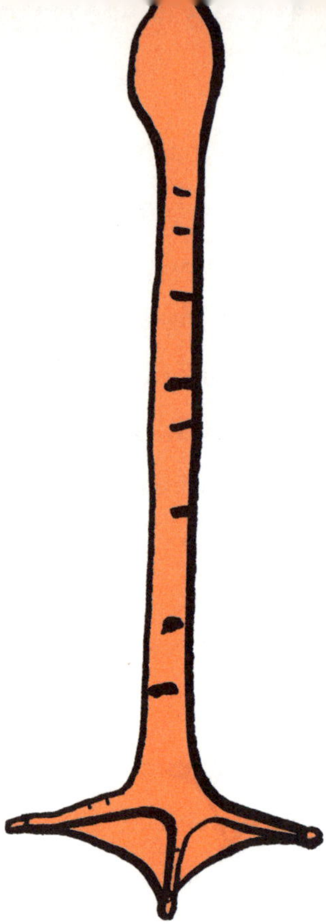

»Euch schaue ich an!«, sagte er kühn und drückte die Brust raus. Ich glaube, er wollte größer aussehen. »Mein Gefährte und ich«, fuhr er in hochgestochenem Ton fort, »sind viele, *viele* Kilometer aus einem fernen Land hierhergereist, um euch alle kennenzulernen.« Dabei

streckte er einen Flügel in
meine Richtung aus. Er klang ein
bisschen wie die Königin von England
und er sah auch ein bisschen so aus.

»Mein ganzes Leben habe ich davon geträumt, Flamingos zu treffen, wahre Freundschaft, Glück und ein Gefühl von Gemeinschaft zu finden. Jetzt ist die Zeit gekommen. Wie ihr sicher sehen könnt, bin auch ich ein Flamingo, und es ist mir eine Ehre, wieder mit euch vereint zu sein, meine Brüder und Schwestern.«

Laurence' Rede war wirklich ganz gut. Zuerst sagten die Flamingos gar nichts. Sie sahen uns mit offenen Schnäbeln an. Ich hatte das Gefühl, dass sie womöglich nicht besonders nett und freundlich waren. Und ich hatte Recht, denn jetzt passierte etwas Furchtbares. Ein kleiner Flamingo mit kratziger Stimme fing an zu

lachen. Es war kein nettes Lachen, so wie bei Kindern, die am Strand herumrennen und den Wellen auszuweichen versuchen. Nein, es klang grausam und höhnisch. Mir tat die Haut davon weh.

Alle Flamingos stimmten ein.

Ich wünschte, wir wären woanders, weit weg von diesen schrecklichen Vögeln. Ich stellte mir vor, dass Laurence und ich in Paris waren, auf einem Fahrrad für zwei, mit *zwei* frisch gebackenen Baguettes im Korb. Der Gedanke, ganz woanders zu sein, machte mich froh. Dann fiel mir wieder ein, dass ich gar nicht Fahrrad fahren konnte.

Normalerweise hätte ich in einer solchen Situation eine Ausrede gefunden,

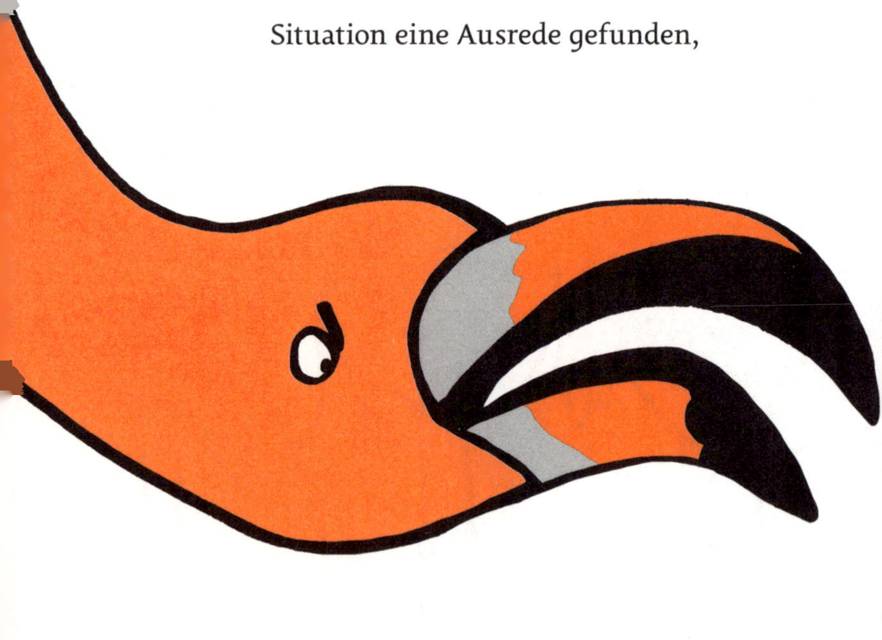

um wegzukriechen, aber weil ich mit Laurence zusammen war und er wie eine Bronzestatue neben mir stand, den Schnabel vor Schreck weit offen, musste ich auch bleiben und versuchen, ihn zu unterstützen.

Der erste Flamingo senkte den Kopf auf Laurence' Höhe und flüsterte: »Du bist keiner von *uns*. Du bist bloß ein ganz gewöhnlicher, unscheinbarer Vogel. *Niemand* interessiert sich für Typen wie dich.«

Er und seine Freunde wandten uns den Rücken zu und staksten auf ihren Zweigen davon. Ich konnte nicht fassen, wie unverschämt er gewesen war. Ich war *richtig* wütend und strengte mein Wurmhirn an, damit mir etwas einfiel, was Laurence helfen könnte. »Soll ich ihn verhauen?«, fragte ich.

»Nein, tu das nicht«, sagte Laurence.

Darüber war ich froh, denn ich hatte noch nie jemanden gehauen. Noch etwas, was sie uns in der Wurmschule nicht beigebracht hatten.

Als ich mir da neben Laurence so klein und hilflos vorkam, fiel mir Robert the Bruce wieder ein. Oder eigentlich nicht Robert, sondern die Spinne, die ihn inspiriert hatte, niemals aufzugeben. Wenn diese Spinne hier wäre, würde sie mir wahrscheinlich sagen, ich sollte für Laurence eintreten.

Ich kroch also zu der Gruppe Flamingos und sagte mit meiner mutigsten Stimme: »Was sollte das denn wohl eben?« Die Flamingos drehten sich um und starrten mich an. Sie sahen

verblüfft aus. »Ich habe gefragt«, sagte ich ein bisschen lauter, »›WAS SOLLTE DAS DENN WOHL EBEN?‹«

Die Flamingos schauten alle zu Boden. Ich konnte kaum glauben, dass sie mir alle zuhörten. Ich fühlte mich so groß wie ein Hochhaus.

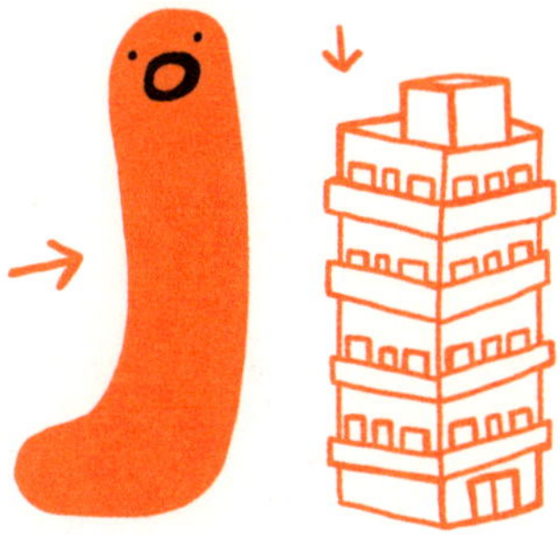

»Gar nichts sollte das nich«, murmelte der Kleine mit der kratzigen Stimme.

»Gar nichts sollte das?«, verbesserte ich seine schlechte Grammatik und kroch dann ganz langsam und überlegt im Kreis um sie herum.

»Was macht er da?«, fragte ein Flamingo mit großem Schnabel.

»Ich habe gehört, wie ihr mit Laurence geredet habt.«

Laurence kam neben mich geflogen. »Ihr Flamingos wart sehr unverschämt und respektlos zu ihm. Ich möchte, dass ihr euch entschuldigt.«

Die Vögel schlugen die Flügel übereinander. Sie

schnaubten und murmelten leise vor sich hin. »Ich werde mich nicht entschuldigen«, murmelte einer.

»JETZT«, sagte ich und tat so, als wäre ich groß wie ein Wolkenkratzer.

»Entschuldigung, Laurence«, sagten sie schnell im Chor.

Das war gut, sagte ich mir. Ein Wolkenkratzer zu sein, gefiel mir.

»Und WOFÜR entschuldigt ihr euch?«

»Dass wir unverschämt und respektlos waren«, sagten sie wieder alle zusammen.
»Richtig.«
»Können wir jetzt gehen?«, fragte der Flamingo mit dem großen Schnabel.
»Nein. Ich möchte, dass ihr zu Laurence sagt: ›Du bist ein Flamingo. Du bist der *beste* Flamingo von uns allen.‹«
Schweigen.
»Aber in Wirklichkeit ist er doch gar kein Flamingo«, sagte der kleinere Flamingo vorsichtig.
»ES IST MIR EGAL, ob er ein Flamingo ist oder nicht. Ich möchte nur, dass ihr es SAGT, damit mein Freund glücklich ist.« Laurence räusperte sich und streckte den Flügel in die Luft. »Ja, Laurence?«
»Ich glaube, vielleicht«, sagte er leise, »bin ich gar kein Flamingo.« Am Ende des Satzes ging seine Stimme nach oben, so als ob er eine Frage stellte, obwohl es gar keine Frage war. »*Möglicherweise* habe ich einen Fehler gemacht. Ich habe gedacht, ich

sei ein Flamingo, aber jetzt, wo ich hier bin und die Flamingos auch, sehe ich, dass wir doch ein klein bisschen verschieden sind.

Ich glaube, vielleicht sind wir doch verschiedene Vögel.« Er flüsterte so leise, dass wir anderen uns alle vorbeugen mussten, um ihn zu hören.

»Willst du immer noch, dass wir sagen, er ist ein Flamingo?«, fragte der Flamingo mit der kratzigen Stimme.

»Nein. Ihr könnt gehen«, sagte ich laut.

»Vielen herzlichen Dank«, antworteten sie und drehten sich um.

»Auf Wiedersehen, und nicht vergessen ...« Sie blieben stehen und wandten die Köpfe. Ich ließ sie eine Weile

warten, ehe ich fortfuhr: »... Seid brav.« Sie nickten und wateten durch den See davon.
Laurence hob mich hoch und flog zu einer Bank neben ein paar hohen Bäumen.

»Was war das denn gerade?«, fragte er mit ganz hoher, kicheriger Stimme.
»Was?«, fragte ich. Ich spürte, wie mein übliches Wurmwesen wiederkehrte.
»Du warst ein ganz anderer Wurm. So habe ich dich noch nie gesehen.«

»Dazu hat mich eine Spinne inspiriert, und dann habe ich so getan, als wäre ich groß wie ein Hochhaus.«

»Oh«, sagte Laurence, der mich anscheinend verstand, dann aber guckte, als hätte er keine Ahnung, wovon ich rede.

»Was es auch war«, sagte er, »danke, dass du dich für mich eingesetzt hast. Das war sehr freundlich.« Er legte mir den Flügel auf den Rücken, um seine Anerkennung zu zeigen.

Jetzt hatte ich wieder so ein Gefühl, das ich vorher noch nie gehabt hatte. Als hätte jemand eine Brauseflasche in meinem Kopf aufgemacht. Mein ganzes Gesicht kribbelte.

»Bist du verlegen?«, fragte Laurence. »Deine Wangen kriegen eine ganz komische Farbe.«

»Ich mag Senfgürkchen lieber als eingelegte Zwiebeln, weil sie wie Dinosaurier-Zehen aussehen. Aber Senf mag ich nicht; der schmeckt wie Feuer.« Ich versuchte das Thema zu wechseln. Es war verwirrend, so viele Gefühle auf einmal zu haben.

»Was redest du denn da?«

»Ich mag keinen Senf«, sagte ich.

»Ah. Aber Senf ist wirklich lecker. Wie kannst du den nicht mögen?«, fragte Laurence und nahm den Flügel von meinem Rücken.

»Senf ist das Allerschlimmste! Das ist so, als würde man –« Ich brach mitten im Satz ab. Aus dem Augenwinkel sah ich wieder dieses Eichhörnchen. Es war auf jeden Fall das von neulich, das mit den schlimmen Zähnen. Und es beatboxte.

Kapitel elf

»Was macht das Eichhörnchen denn hier am Lake Nakuru?«, fragte Laurence. Er hatte sich noch ein Sandwich aus dem Federkleid genommen und aß und sprach mit vollem Mund. Er bot mir die Hälfte an, aber es war Senf drauf, und wie ich ihm schon gesagt hatte, mag ich Senf überhaupt nicht.

»Vielleicht ist es auf Urlaubsreise mit den Kängurus und den Pinguinen.«

Wir sahen dem Eichhörnchen beim Beatboxen und Tanzen zu. »Das habe ich ihm beigebracht«, sagte ich. »Es muss inzwischen geübt haben, es ist nämlich viel besser geworden.«

Das Eichhörnchen schlug Räder im Kreis und machte Rückwärtssaltos. Die Menschen fanden es toll. Sie lachten und machten so Kussgeräusche mit den Lippen, damit das Eichhörnchen sie anschaute. Ab und zu hörte es auf zu tanzen und huschte zu einem Menschen hinüber, der ihm dann eine Erdnuss gab.

»Mir ist noch ein anderer Gedanke gekommen«, sagte ich voller Furcht. »Vielleicht folgen sie uns – Eichhörnchen, Maulwurf und Krähe. Und sie wollen uns doch noch in den Kochtopf stecken.«

»Ich glaube, es ist einfach im Urlaub«, sagte Laurence überzeugt. »Es sieht viel zu entspannt aus, um irgendwelches Unheil zu planen.« Vorsichtshalber schaute er über die Schulter.

Eichhörnchen entdeckte uns. Es unterbrach

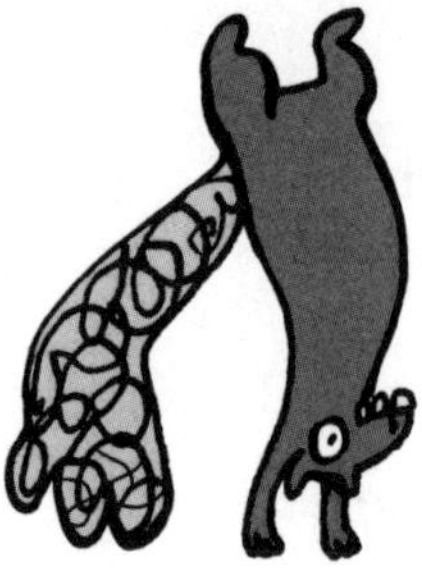

seinen akrobatischen Tanz und die Beatboxing-Nummer und zeigte uns grinsend die Zähne. Dann kam es Purzelbaum schlagend auf uns zu. Ich überlegte, ob Laurence wohl Erdnüsse zwischen seine Federn gesteckt hatte.

»Schnell«, sagte Laurence, »lass uns von hier verschwinden!«

»Marcus! Warte! Ich muss dir was sagen!«, rief Eichhörnchen.

Es wusste noch meinen Namen und klang beinahe warmherzig und freundlich. Das war verwirrend. Laurence war anscheinend auch verwirrt. Ich baumelte von seinem Schnabel und er stand abflugbereit.

»Ich wollte mich nur bei euch beiden bedanken, dass ihr mir das Tanzen beigebracht habt«, sagte es.

»Okay«, sagte Laurence und ließ mich dabei aus dem Schnabel zu Boden fallen. Ich wünschte, er würde mal daran denken, dass er nicht gleichzeitig sprechen und mich im Schnabel halten konnte.

»Wir können Freunde werden, wenn ihr wollt. Ich heiße Jennifer-Peggy – oder kurz J-Peg.«

»Ähmm«, sagte Laurence nervös.

Das Eichhörnchenmädchen J-Peg fuhr fort. »Bevor ich euch beide getroffen habe, war ich immerzu mager und hungrig. Und dann seid ihr gekommen und habt mir das Beatboxen und Tanzen beigebracht – und das hieß, dass ich *hierher*ziehen konnte. Die Menschen geben mir als Belohnung für meine Nummern jede Menge Erdnüsse. Ich bin schon ewig nicht mehr hungrig gewesen.«

Sie sah jetzt tatsächlich sehr viel gesünder aus.

»Oh!« Laurence klopfte mit der flachen Hand sein Federkleid ab, als ob er etwas suchte. »Wir haben wohl keine Erdnüsse dabei, aber bitte, nimm doch das hier«, sagte er und bot ihr die Hälfte seines Käse-Senf-Sandwiches an. »Du musst ja SEHR hungrig gewesen sein, wenn du bloß für ein paar Erdnüsse so weit gereist bist. Armes Ding.«

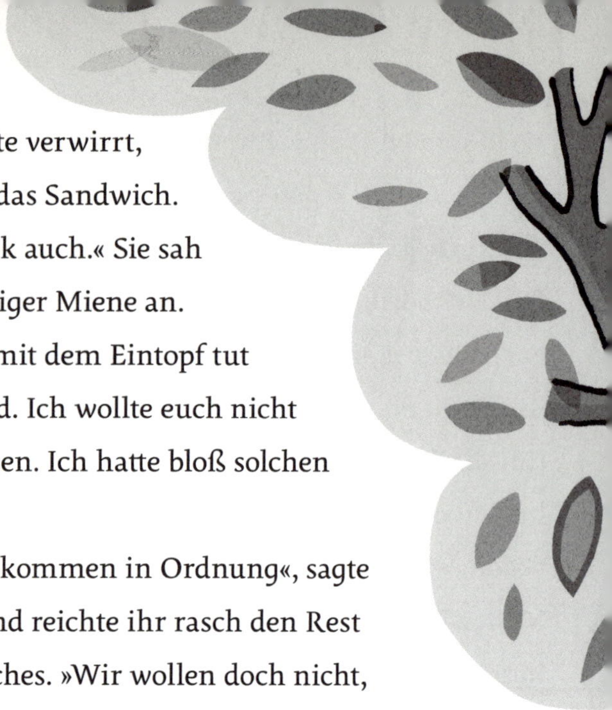

J-Peg schaute verwirrt, nahm aber das Sandwich. »Vielen Dank auch.« Sie sah uns mit reuiger Miene an. »Die Sache mit dem Eintopf tut mir sehr leid. Ich wollte euch nicht *wirklich* essen. Ich hatte bloß solchen Hunger.«

»Das ist vollkommen in Ordnung«, sagte Laurence und reichte ihr rasch den Rest des Sandwiches. »Wir wollen doch nicht, dass du nichts zu essen hast.«

J-Peg schenkte uns ein breites Lächeln. Irgendwie sahen ihre schlechten Zähne gar nicht mehr so schlimm aus. Sie steckte sich das letzte Stück Sandwich in den Mund und sauste einen großen Baum hinauf. Als sie bis zum höchsten Ast gekommen war, winkte sie uns zu. Laurence legte einen Flügel um mich und winkte zurück. »Sie hätte ich hier

wirklich nicht erwartet«, sagte er. Ich nickte zustimmend. »Und sieh dir das mal an!«, fuhr er fort. »Da drüben sind meine Nachbarn und essen Eis.« Auch denen winkte er zu und sie winkten zurück. »Marcus, es kommt mir vor, als ob wir in einem Film voller komischer Zufälle wären. Das ist so ein toller Film.«

Aber irgendwas stimmte nicht. Bisher hatten wir J-Peg gesehen und Kängurus und Pinguine und jetzt auch noch Laurence' Nachbarn. Die konnten doch nicht alle im Urlaub sein. Und noch etwas war komisch: Wo immer wir auch waren auf der Welt, überall verstand man uns und sprach fehlerfreies Englisch. In der Wurmschule hatten wir Sprachen gelernt, damit wir mit Würmern aus anderen Ländern sprechen konnten. Ich hatte ewig gebraucht, Mandarin zu lernen.

»Was glaubst du, Laurence, könnte es wohl möglich sein, dass wir gar nicht am Lake Nakuru sind?«

»Aber sicher sind wir da!«, gab Laurence scharf zurück. Er nahm den Flügel von meiner Schulter. »Wie kommst du denn nur darauf, dass wir irgendwo anders als am Lake Nakuru sein sollten?«

»Hallo, Laurence«, sagte einer von Laurence’ Nachbarn. Er war zu uns herübergehüpft.

»Bernard?! Hallo!«, sagte Laurence. Ich sah, dass er zu schwitzen anfing.

»Möchtest du was von meinem Eis?«, fragte Bernard.

»Nein, danke.«

»Bist du im Urlaub, Bernard?«, fragte ich.

»Nein«, sagte er und leckte an seinem Eis.

»Oh«, sagte Laurence.

»Bernard?«

»Ja?«

»Wir sind doch am Lake Nakuru, oder?«

»Nein, Laurence. Wir sind im Zoo«, sagte Bernard beiläufig.

»Im Zoo? Ach. Ist der Zoo am Lake Nakuru?«

»Nein«, sagte Bernard. »Der Zoo ist zehn Minuten von unserem Wohnort entfernt.«

»Wirklich?«, fragte Laurence. Er dachte einen Augenblick nach. »Aber das *kann* nicht sein, wir sind nämlich tagelang geflogen, um hierherzukommen, und wir sind sogar an den Eiffeltürmen in Paris vorbeigekommen, und das muss bedeuten, dass wir jetzt in Afrika sind. *Und* wir haben außerdem jede Menge wilde Tiere gesehen – Tierarten, die *nur* in Afrika leben.«

»Ich weiß nicht genau, wieso ihr Tage gebraucht habt, um hierherzukommen, Laurence«, sagte Bernard und leckte wieder an seinem Eis. »Vielleicht habt ihr einen langen Umweg genommen. Vielleicht wart ihr ja in Paris. Oder«, er neigte den Kopf zur Seite, »vielleicht waren die Eiffeltürme, die ihr gesehen habt, auch die Masten, die man von unserem Baum aus sehen kann. Mit denen transportiert man Strom und bei uns in der Nähe stehen viele davon herum. Strommasten sehen ein bisschen wie der Eiffelturm aus. Und was die Tiere angeht ... tja, im Zoo gibt es alle möglichen Tierarten.«

»Ich dachte, wir wären in Kenia«, sagte Laurence und sah aus, als würde er gleich anfangen zu weinen.

»Sind wir ja vielleicht auch. Ich frage mal nach«, sagte Bernard. Ich glaube, er wollte nur, dass Laurence sich besser fühlte. »TANYA!«, rief er.

»Ja?«, fragte Tanya. Sie aß ein Erdbeereis, das überall um ihren Schnabel herum verschmiert war.

»Sind wir in Kenia?«

»Nein, Bernard. Wir sind im Zoo. Wieso?«

»Ich wollte nur sichergehen«, sagte Bernard. »Tut mir leid, Laurence. Wir sind wirklich im Zoo. Bist du sicher, dass du nicht was von diesem Eis abhaben möchtest?« Er hielt Laurence die Waffel unter den Schnabel.

Laurence nahm die Waffel, doch anstatt einmal daran zu lecken, wie Bernard es ihm angeboten hatte, aß

er langsam Eis und Waffel auf und starrte dabei ins Nichts.
Bernard starrte ihn mit offenem Schnabel an. Dann kratzte er sich mit dem Fuß am Kopf. »Wenn du nach Hause willst«, sagte er, »flieg einfach über diese Bäume und dann immer geradeaus weiter. Du wirst die Eiffeltürme sehen und dann zwei Wiesen weiter unser Zuhause.«
»Danke«, sagte Laurence und sah zu Boden.
»Und noch was … wir kommen ständig hierher. Beim nächsten Mal kannst du gern mitkommen, wenn du magst.«
»Danke«, sagte Laurence und sah immer noch zu Boden.
Bernard hopste zu den anderen zurück. Sie redeten miteinander und sahen zu uns herüber und leckten zwischendurch an ihrem Eis. Außer Bernard, der kein Eis mehr hatte.

Kapitel zwölf

Laurence und ich saßen auf dem Boden. Ich konnte es nicht fassen. Wir waren einfach in riesengroßen Kreisen herumgeflogen und nirgendwohin gekommen. Ich dachte, ich könnte im Schlaf navigieren, und Laurence dachte, er hätte gelernt, im Schlaf zu fliegen. Wir hatten gedacht, dass mit unseren gemeinsamen geheimen genialen Fähigkeiten alles möglich wäre. Wir waren himmelhochjauchzend. Aber dann hatte sich herausgestellt, dass wir beide genauso ahnungslos und nutzlos waren wie zu Anfang, als wir uns kennenlernten. Das ganze Erlebnis war reine Zeitverschwendung gewesen.

Laurence war inzwischen wahrscheinlich völlig niedergeschlagen. Und meine Aufgabe war es, mir etwas Hilfreiches und Aufmunterndes einfallen zu lassen. Aber mir fiel nichts ein. »Hast du noch Sandwiches mit eingelegten Gurken übrig?«, fragte ich.

Laurence wühlte in seinen Federn herum und suchte nach weiteren Sandwiches. »Nein! Das letzte Stückchen Sandwich habe ich diesem Eichhörnchen gegeben, weil ich glaubte, es sei den ganzen weiten Weg nach Lake Nakuru nur für eine Erdnuss gelaufen.« Ohne es zu wollen, musste ich ganz laut lachen.

Laurence sah mich an. »Das ist nicht witzig«, sagte er. Aber dann fing er auch an zu lachen. Ich weiß nicht wieso, aber wir konnten beide nicht mehr aufhören zu lachen. Die Leute blieben stehen und

gafften uns an, weil Laurence vor Lachen keuchte und mit dem Flügel auf den Boden schlug. »Wir sind TAGELANG im Kreis geflogen!«, sagte er. »Und als wir dann ENDLICH hier ankamen, um die Flamingos zu treffen, da waren sie RICHTIG unverschämt.«

»Die waren SO unverschämt«, sagte ich zwischen zwei Lachanfällen. »Ich kann gar nicht *fassen*, dass du ein Flamingo sein wolltest. Nein, ich kann nicht fassen, dass du geglaubt hast, du *wärst* ein Flamingo.«

»Aber ich sehe doch *aus* wie ein Flamingo«, prustete Laurence. »So ein bisschen, wenn man schielt.«

Darüber lachte ich so doll, dass ich dachte, mir platzt der Bauch. »Du siehst kein *bisschen* wie ein Flamingo aus«, sagte ich. »Du siehst aus wie ein Huhn.« Ich krümmte mich vor Lachen, aber als ich mich wieder aufrichtete, merkte ich, dass Laurence schon lange aufgehört hatte.

»Glaubst du wirklich, dass ich wie ein Huhn aussehe?«, fragte er ernst.

»Nein … siehst du nicht, Laurence«, sagte ich, um ihn aufzumuntern.

»Na ja, irgendwie siehst du schon ein bisschen wie ein Huhn aus.« Dann wurde ich ärgerlich. »Was ist eigentlich so schlimm daran, wie ein Huhn auszusehen? Alle deine Nachbarn sehen wie Hühner aus und an denen ist überhaupt nichts auszusetzen. Ich weiß wirklich nicht, warum du unbedingt was anderes sein willst. Du bist großartig, so wie du bist.«

»Bin ich das?«, fragte er.

War Laurence wirklich großartig? Ich hatte bloß etwas Nettes gesagt, ohne darüber nachzudenken.

»Ja, du bist großartig, Laurence«, sagte ich wieder, ohne nachzudenken.

»Oh«, sagte er.

Ich war es nicht gewohnt, solche Gespräche zu führen. Ich wartete darauf, dass Laurence das Thema wechselte. Doch dann strömten immer noch ohne Nachdenken jede Menge Worte über meine Lippen. »Es macht überhaupt nichts, dass du wie ein kleines rundes Hühnchen

aussiehst. Wichtig ist, dass du freundlich bist. Du hättest mich zum Frühstück essen können, hast du aber nicht. Du hast mir von deinem Traum erzählt, zum Lake Nakuru zu fliegen, und dann hast du mich dahin mitgenommen, jedenfalls so ähnlich. Zuerst hatte ich Angst und bin bloß mitgekommen, weil ich keine Wahl hatte, aber dann hat es doch viel mehr Spaß gemacht, als zu Hause zu bleiben und Löcher in die Erde zu graben. Ich erlebe lieber Abenteuer mit dir, Laurence, als Löcher in die Erde zu graben.«

Laurence sagte eine Weile nichts. Schließlich machte er doch den Schnabel auf. »Das ist das Netteste, was jemals jemand zu mir gesagt hat.«

Mir wurde innerlich ganz warm. Ich hatte etwas Nettes gesagt – jede Menge nette Sachen –, ohne mich anzustrengen oder gar zu lügen.

Laurence sah mich an und sagte: »Ich dachte, ich könnte nur glücklich werden, wenn ich mich mit Flamingos anfreunde und nach Kenia an den Lake Nakuru ziehe. Aber die letzten paar Tage bin ich glücklicher gewesen als je zuvor. Ich bin nicht in Kenia, ich bin nicht mal ein Flamingo. Ich brauchte gar kein Flamingo zu sein. Ich brauchte bloß einen Freund. Und du bist mein Freund. Danke, mein Freund.«

»Schon gut, mein Freund«, sagte ich.

Dieses Gespräch wurde mir zu viel. Ich hatte wieder so ein Gefühl wie Brause im Kopf. Mir wurde schwindelig und übel. Wir starrten beide vor uns hin.

Vor uns auf dem Weg humpelte eine Taube. Sie humpelte, weil ihr ein Brocken Kaugummi am Fuß klebte. Als die Taube näher gehumpelt kam, erkannte ich, dass es kein Kaugummi war, sondern ihr richtiger Fuß.

Laurence schniefte.

»Willst du nachher zum Abendessen zu mir kommen?«

»Was kochst du denn?«, fragte ich. Ich überlegte, was die Taube wohl zum Abendessen kriegen würde.

»Kartoffelbrei.«

Kartoffelbrei ist eins meiner Leibgerichte. »Ja, gern, Laurence«, sagte ich.

Kapitel dreizehn

Wir brauchten keine drei Tage, um vom Lake-Nakuru-Nationalpark zu Laurence nach Hause zu fliegen, hätten wir aber womöglich, wenn Tanya uns nicht unterwegs entdeckt hätte. Wir flogen nämlich in die falsche Richtung.

Tanya blieb dann auch zum Abendessen und Laurence lud seine Nachbarn ein –

Bernard, Caroline, Shakira und diese Taube. Sie war ein Er und hieß Sebastian. Laurence war es nicht gewohnt, Gäste zum Abendessen zu haben. In der Küche bekam er Panik und machte schließlich viel mehr Kartoffelbrei als nötig. Es war genug Kartoffelbrei übrig, um daraus ein Kartoffelbreibett zu machen. Sogar zwei

Kartoffelbreibetten – eins für Laurence und eins für mich. Das war das bequemste Bett, in dem ich je geschlafen hatte.

Als ich da auf meinem Kartoffelbreibett lag, ging mir durch den Kopf, wie eigenartig sich alles entwickelt hatte.

Bevor ich Laurence kennenlernte, war ich ganz zufrieden damit gewesen, unter der Erde versteckt zu leben und im Dunkeln meine Wurmtunnel zu graben. Ich hatte niemals mit einem Vogel geredet. Warum sollte ich auch? Ich hatte immer gedacht, Vögel wären gemeine, grausame, geflügelte Flauschbälle mit spitzen Schnäbeln.

Als ich Laurence zum ersten Mal sah, hatte er den Schnabel weit aufgerissen und wollte mich fressen. Ich dachte überhaupt nicht darüber nach, ob er womöglich freundlich und rücksichtsvoll war und ein Faible für Käse-Sandwiches mit Senf hatte. Ich wollte bloß so weit wie möglich weg von diesem schnabeligen Flauschfederball.

Als Laurence mich zum ersten Mal sah, dachte er überhaupt nicht darüber nach, ob ich womöglich ein Wurm war, dem die gleichen Dinge wichtig waren wie ihm. Er sah bloß ein leckeres Frühstück. Dann unterhielten wir uns über unsere Hobbys. Wäre das nicht passiert, hätten wir niemals

herausgefunden, dass wir zusammen Dinge
tun konnten, die allein unmöglich gewesen
wären.

Mit Laurence kann ich fliegen.

Mit mir ist Laurence ein wagemutiger
Entdecker.

Hätte er mich nicht getroffen, würde
Laurence wahrscheinlich immer noch
zu Hause auf seinem Sofa sitzen wie
ein Klumpen
Kartoffelbrei
und von Abenteuern
träumen –
aber nichts
unternehmen.

Wir hatten es nicht zum Lake Nakuru oder nach Frankreich geschafft – wir waren nicht mal fünf Kilometer vom Baumhaus weggekommen –, aber unsere Abenteuer waren trotzdem unglaublich. Wir waren aus einem Kochtopf entkommen und auf einer Giraffe geritten. Laurence hatte vor allen Leuten getanzt, ohne sich darüber Gedanken zu machen, was sie von ihm dachten. Er hatte einen Wurm gerettet – Gwenda, die eigentlich gar nicht gerettet werden wollte, aber das war trotzdem freundlich von ihm. Ich hatte mit seltsamen nicht französischen Würmern im Kreis gesungen, dekorative Zweige auf dem Kopf getragen, und wir hatten beide unter einem Himmel wie verbrannte Würstchen geschlafen und uns eine kratzige Decke geteilt.

Und das Tolle an diesen Abenteuern ist, dass sie erst der Anfang sind.

Eins der liebsten Dinge ist mir an Laurence, dass ich

ihm alle Gedanken erzählen kann, die ich im Kopf habe, und er sagt nie »Was für eine lächerliche Idee!« oder so etwas Grässliches.

Neulich habe ich ihm von meinem Traum erzählt – dass ich so gern mal ein Fahrrad fahren würde, mit einem Korb vorndran und einem frischen Baguette im Korb. Er sagte kein Wort. Ich dachte schon, er wäre eingeschlafen, war er aber nicht, denn gleich am nächsten Tag stand er mit einer Überraschung vor meiner Tür. Er hatte tatsächlich ein Fahrrad mit einem Korb vorndran für mich. Und dabei hatte ich nicht mal Geburtstag!

Ich versuchte darauf zu fahren, aber Fahrradfahren ist ziemlich schwierig, wenn man ein Wurm ist.

Um es mir möglich zu machen, fährt Laurence das Fahrrad und ich setze mich in den Korb und tue so, als sei ich das frisch gebackene Baguette. Manchmal kommt auch das Eichhörnchen J-Peg vorbei und fährt das Rad, und Laurence setzt sich in den Korb und tut so, als sei er das Baguette.

Obwohl Laurence ein Vogel ist und ich ein Wurm, betrachtet er mich nicht mehr als Frühstück.

Vielleicht sieht er mein wahres Ich, den echten Marcus.

Es fällt mir schwer, auch so freundlich und nett zu sein wie Laurence. Ich mache es immer wieder falsch. Aber dann denke ich an Robert the Bruce und seine ungewöhnliche Freundin, die zufällig eine Spinne war. Und das erinnert mich daran: Es ist noch kein Meister vom Himmel gefallen.

Danke

Mit besonderem Dank an alle bei Walker Books. Vor allem meine wunderbare Lektorin Lizzie, dass sie alle Hebel in Bewegung gesetzt hat, dieses Buch möglich zu machen, und für ihr ansteckendes Lachen, ihre sagenhaft witzigen Einfälle, ihr Engagement und dafür, dass sie so ein rundum guter Mensch ist. Danke an Linas, der ebenfalls lektoriert hat – die Zusammenarbeit hat Spaß und Freude gemacht. Und Danke an David und Jacky, die Worte und Bilder zusammengefügt haben.

Danke an Mireille, Frances, Mickey, Alice, Jane und Angel für ihre Großherzigkeit, Offenheit und das Lachen an den richtigen Stellen. Ihr alle habt mitgeholfen, den Vogel zu erschaffen, der wie ein Huhn aussieht.

Und mit extra riesigem Dank für unerschütterliche Liebe, Sorge und Unterstützung an Tim, der immer an mich geglaubt hat und daran, dass wir – ganz egal, was passiert – wie Laurence und Marcus zusammen fliegen können.

Simone Lia

begann mit 13 Jahren im Gartenschuppen ihres Vaters zu malen und zu illustrieren. Seit ihrem Studium an der University of Brighton hat sie mehrere Graphic Novels veröffentlicht sowie Comicstrips u.a. in *The Guardian*. Ihre Arbeiten wurden bereits in The Tate Britain ausgestellt. Sie lebt in London. *Marcus – Eine philosophische Betrachtung über die Freundschaft* ist ihr erstes Buch bei Königskinder.

Ingo Herzke

wuchs in einem Dorf im südlichen Niedersachsen auf. Er hat Klassische Philologie, Anglistik und Geschichte in Göttingen und Glasgow studiert und sich durch zahlreiche Übersetzungen von Büchern für Kinder und Erwachsene einen Namen gemacht. Er lebt mit seiner Frau und zwei Kindern in Hamburg.